La sombra de la daga

Tercera edición

LUIS CARBAJO

Rialp Junior

DIRECCIÓN: CARMEN GÓMEZ DE AGÜERO
DISEÑO: RICARDO CÁMARA

EDICIONES RIALP, S.A.
ALCALÁ, 290
28027 MADRID
TELÉFONO: 91 326 05 04

3.ª EDICIÓN: 2005
ISBN: 84-321-3024-9
DEPÓSITO LEGAL: M-9922-2005

IMPRIME: GRÁFICAS RÓGAR, S. A., Navalcarnero (Madrid)

IMPRESO EN ESPAÑA-PRINTED IN SPAIN

El Roble Centenario

Pilar Molina Llorente

La sombra de la daga

Ilustraciones de Esmeralda Sánchez-Blanco

EDICIONES RIALP, S. A.
MADRID

Para Flavia

El señor de Santostefano

Mi padre había muerto. Podía ver sus manos cruzadas sobre la cruz de su espada y sin embargo, aún oía su voz retumbando en las bóvedas de palacio.

Mi padre había muerto. Desde mi sitial en el altar de la capilla veía las puntas afiladas de sus calzas, inmóviles sobre el túmulo bordado con nuestro escudo, y yo temblaba.

Parecían años, pero sólo habían pasado unas horas desde que Grimani, secretario y amigo de mi padre, me fuese a buscar a la biblioteca.

—Ludovico —había dicho con su voz apagada—, ven al estudio. Tu padre... tu padre ha muerto.

Cuatro palabras que encerraron mi infancia para siempre en un arcón de doradas añoranzas.

Portazos, carreras, gritos..., el palacio entero parecía estremecerse. En el estudio, mi madre rezaba arrodillada junto al cuerpo de mi padre. El médico se acercó a Grimani hablándole al oído. Por la galería avanzaban los pasos arrastrados de tía Caterina. Rosalba, mi hermana mayor, intentaba organizarlo todo dando órdenes al criado:

—Cerrad todas las ventanas y sacad los tapices de luto. Busca a fray Bernardo y asegúrate de que la capilla, los salones y todas las estancias de abajo estén bien limpias e iluminadas. Habla con el cocinero y...

Se volvió a mí, me miró de arriba abajo y añadió:

—Y tú ve a arreglarte. Mira qué aspecto tienes.

Ya en la galería, tía Caterina añadió:

—Ponte las calzas de lana y la casaca de seda negra.

Mientras me vestía intenté ordenar mis ideas. ¿Qué había pasado? ¿Qué iba a ocurrir ahora? ¿Qué había alterado la rutina de mi casa? Pero mi pensamiento sólo repetía de manera estúpida una cancioncilla que había oído tararear aquella mañana a la doncella de mi madre:

> Si te entretienes
> con el vuelo de una capa,
> despacito, de puntillas,
> el tiempo escapa.

Miré al patio desde la ventana de la galería. Todo

estaba engalanado con flores y cintas, preparado para una fiesta que ya no se celebraría. La voz de Fiorina me sobresaltó.

—Vico, ¿qué ha ocurrido? ¿Por qué hay tanto alboroto? He oído llantos y gritos.

Allí, pálida, menuda, ligera, casi transparente, estaba mi hermanita, eternamente sentada en la butaca de mimbres trenzados que Gentile transportaba de un lado a otro en vilo, como si fuese de papel. Me daba miedo decirle la verdad, pero nunca le había mentido.

—Nuestro padre ha muerto, cariño —dije con tono suave.

Tembló asustada.

—¿Qué va a pasar ahora?

—Nada —contestó Gentile, mirándome a los ojos—, no va a ocurrir nada.

Levantó la butaca en la que estaba sentada la niña y la trasladó hasta la zona de la galería en la que daba el sol.

Gentile estaba al servicio de Fiorina. Era poco mayor que yo, pero tan fuerte y discreto que mi padre le había encargado el cuidado de la niña desde que a los tres años, su enfermedad no le permitió a la pequeña valerse por sí misma. Poco a poco se había convertido en su compañero de juegos, su maestro, su enfermero y su amigo.

Casi en la puerta del estudio de mi padre me crucé con la escurridiza figura de Morcone, el cómico, aquel hombrecillo de boca enorme y ojos punzantes que tanto divertía a mi familia y tanto me fastidiaba a mí.

—Respeto y condolencia, mi señor, ¡oh, mi señor! —dijo con exagerada reverencia y voz afilada.

Me inquietaba y me molestaba. Tenía la costumbre de asustarme. Se escondía detrás de una columna o de un arcón y cuando yo pasaba tranquilo o distraído, salía dando un salto y gritando:

—¡Hop!

Y después su risa. Una risa sorda como un gorgojeo que no salía de su garganta.

Apenas entré en el estudio, Grimani me salió al encuentro. En su cara se dibujaban más surcos que otros días.

—Ludovico, acompáñame, por favor.

Le seguí como un sonámbulo por la galería y la escalera hasta el salón de recibir, cerca de la entrada del palacio. Todo estaba iluminado con lámparas; el sol de aquella mañana de junio tenía prohibida la entrada en nuestra casa enlutada.

—Ludovico —empezó el secretario con voz grave—, desgraciadamente tu padre ha muerto y...

—¿Cómo ha sido? —le interrumpí—. No estaba enfermo.

—Ha sido un accidente, un terrible accidente.

—¿En su estudio?

—Se desprendió la parte central del escudo... Tu padre estaba sentado comprobando unas cuentas y...

Grimani terminó su relato con un hondo suspiro.

—¿El centro del escudo? ¿La cabeza de león?

El secretario asintió con la mirada perdida. Sentí un escalofrío. ¡La cabeza de león del escudo! Mi padre había mandado fundir el escudo de nuestra familia en bronce y lo había hecho colocar en la pared de su estudio; justo encima de su enorme escritorio tallado. Se sentía tan orgulloso de él que siempre se lo enseñaba a los amigos y familiares que nos visitaban. Era una obra del taller de Verrochio. Un hermoso escudo que ahora le había costado la vida.

La voz triste de Grimani adquirió un tono trascendental que ahuyentó mis pensamientos.

—Escucha, Ludovico: mi señor Guido de Santostefano ha muerto. Ahora, tú eres el señor de Santostefano.

El corazón me dio un vuelco. ¿Yo? ¿Yo era el señor de Santostefano?

—Pero si soy casi un niño —tartamudeé.

—Tienes quince años y eres el único hijo varón del señor de Santostefano. Eso te convierte en su heredero y sucesor.

—Pero...

Grimani sacudió con cuidado una de mis mangas, centró el cuello de mi camisa de encaje y me empujó con suavidad hacia el vestíbulo.

—Debes recibir a las personas que vengan a presentar sus condolencias, amablemente pero con dignidad, con sencillez pero sin olvidar las normas de respeto debidas a cada jerarquía. Tendrás que estar muy atento a los nombres que yo te vaya indicando y deberás recordar el tratamiento según su título y el grado de amistad con esta familia. Pero recuerda: tú eres el señor.

Apretones de manos, palmadas en la espalda, palabras de consuelo, suspiros, alguna lágrima... Ancianos de mirada lenta, hombres de voz hueca y gesto distraído, familiares fisgones, representantes de los campesiones, amigos de mi padre, proveedores, clientes..., no había tenido un momento de respiro.

Apenas había descansado unas horas y sólo había tomado unas sopas y un vaso de leche antes de que Grimani me pusiera el collar de mi padre y me condujese al sitial forrado de negro a un lado del altar de nuestra capilla.

Desde allí veía las manos sin color de mi padre y las puntas de sus calzas y aun así, esperaba oír tronar su voz dando órdenes a todos.

A mi lado en el sitial disimulaba su bostezo mi padrino, Piero de Médicis, el hijo del Magnífico, que presidía junto a mí el funeral.

En primera fila, entre velos y sedas negras, se recortaban las caras de las cuatro mujeres que formaban mi familia: tía Caterina con la boca apretada y la mirada oscura, mi madre susurrando una oración, Rosalba, seria y atenta a todo, y mi dulce Fiorina tan transparente y ligera como las libélulas que

danzaban de noche alrededor del farol del patio. Detrás de ella, de pie, vestido completamente de negro, la figura de Gentile destacaba entre las demás.

La capilla estaba llena de gente, y las oraciones y los responsos se sucedían sin parar. Hacía calor, me apretaba el cuello de la casaca y se me dormían los pies embutidos en aquellas estrechas medias de lana.

No conseguía retener ningún pensamiento. Mi mente se distraía con los frescos que decoraban las paredes, contando las cabecitas talladas del friso, observando los gestos ceremoniosos del cardenal que presidía el oficio... El tiempo se reía de mí desde la torre de Santa María.

Cuando el cuerpo de mi padre descansó en la urna de mármol que él mismo había reservado debajo del altar, la pequeña vidriera de colores que coronaba la capilla sólo dejaba pasar reflejos grises.

Anochecía.

Los asistentes a las honras fúnebres se despidieron y se marcharon enseguida; fuera palpitaba la ciudad en fiestas, banquetes y desfiles. Los miembros de mi familia se retiraron a sus habitaciones y el palacio quedó en silencio, hueco y vacío, con un pesado olor a aceite, a cera, a incienso...

Salí al patio. De la calle llegaban los ecos de las canciones y la alegría de la fiesta. Florencia celebraba la noche de San Juan. Una noche que los jóvenes esperábamos cada año con ilusión y que toda la ciudad preparaba desde el primero de mayo.

En nuestra casa las guirnaldas y los faroles habían muerto con mi padre.

La tristeza y el cuello de la casaca me ahogaban. Me senté en el borde de la fuente. La luna reflejó en el agua el medallón que remataba el collar de mi padre y que aún pesaba sobre mi pecho. Iba a quitármelo cuando una sombra surgió de entre los arcos que bordeaban el patio. Enseguida reconocí sus pasos silenciosos y su pelo, tan claro, que parecía blanco en la oscuridad.

—Gentile —dije cuando estuvo cerca—, ¿y Fiorina?

—Duerme —contestó en voz baja.

—¿Cómo está?

—Asustada.

—Yo también —suspiré.

—No debéis asustaros. Vos sois la única persona que no debe asustarse.

¿Por qué me trataba de vos? ¿Por qué me apartaba? Habíamos jugado juntos, compartido pequeñas aventuras en la sala de armas, escaramuzas en la cocina y pillerías en las fiestas. Habíamos temblado con las historias de miedo que contaba el ama junto a la chimenea, en las noches de invierno y en las tardes de fiebre y picores de nuestras enfermedades infantiles. Junto a Fiorina era mi compañero de juegos, de lecturas, de ideas, de fracasos, de ilusiones...

—¿Estás enfadado conmigo? —le pregunté.

—No, mi señor.

—¿Estás jugando?

—No, mi señor.

—Ya sé. Es una broma.

Pero sus ojos estaban más serios que nunca.

—Gentile —dije con un nudo en la garganta—, no me hagas esto. No sé muy bien qué ha ocurrido. Parece como si el suelo se hundiese bajo mis pies. No domino mi pensamiento ni puedo sentir nada que no sea vértigo. Llevo horas perdido y ahora que te encuentro pareces un extraño.

Me miró, se sentó junto a mí y dijo muy bajo:

—No soy un extraño, soy Gentile, un huérfano recogido por caridad. Un criado al servicio de un importante señor florentino: el señor de Santostefano. Vos sois ahora mi señor, Ludovico de Santostefano.

Me faltaba el aire. En unas horas había perdido junto con mi padre, la infancia, la alegría de mi casa, la fiesta de San Juan y a Gentile. A cambio había recibido un título y un collar que no deseaba. ¿Quién era el gran señor Ludovico de Santostefano? Un niño, sólo un niño perdido.

Las lágrimas abrasaban mi cara. La voz de Gentile sonó profunda.

—Os aliviará llorar, señor. Es triste perder un padre.

Pero no sólo lloraba por mi padre. Me dolía no

haber tenido tiempo de conocerle demasiado. Cuando no viajaba, mi padre estaba ocupado con sus visitas y sus amigos, cazando o encerrado en su estudio. Por más que buscase en mi memoria, sólo podía recordar su sonrisa el día que me regaló un caballo por haber terminado mis estudios, y su voz disgustada y sus consejos la tarde en que me escapé sin permiso a la fiesta de Carnaval de los Médicis. No, no sólo lloraba por mi padre. Lloraba por todo lo que perdía con él.

Me levanté sin decir nada y me dirigí a mi habitación. No había llegado a la escalera cuando el estrépito de los fuegos artificiales anunció que Florencia despedía su fiesta. El ruido hacía retumbar los cristales y las luces de colores iluminaron el patio como si fuese de día mientras caían mil chispitas encendidas.

Desde la fuente, los ojos de Gentile brillaban más que las bengalas.

Audiencias

El aullido largo de los vencejos y el olor de los geranios me liberaron de una horrible noche de pesadillas y sobresaltos. Me vestí y bajé al patio.

De las ventanas de la cocina llegaba el aliento del pan recién hecho. Tres hombres limpiaban el patio con cepillos de raíces y descolgaban los faroles y adornos que no habíamos llegado a usar la noche anterior. Al verme dejaron lo que estaban haciendo y me saludaron con una inclinación de cabeza.

—Señor.

—Buen día, señor.

También me saludaron los criados que traían la fruta cada mañana, y el jefe de caballerizas y la doncella de mi madre... hasta los galgos, que siempre me recibían con saltos, parecían tratarme de forma diferente.

Sobre las nueve subí a la sala de juegos para desayunar con Fiorina como todos los días. La niña, sentada en su butaca de mimbres, afinaba el laúd.

—Bueno días, Vico —me saludó al verme—. Mira, Gentile ha cambiado las cuerdas y ahora el laúd suena más brillante. ¿Quieres probarlo?

No tenía ánimo para tocar el laúd, pero suspiré agradecido y besé la rizada cabeza de mi hermana. Para ella yo seguía siendo Vico, el muchacho feliz del palacio Santostefano.

—¿Vais a desayunar aquí, señor? —preguntó el ama de Fiorina.

—Claro —contesté fastidiado.

Pero los pasteles de carne y manzana y la leche tibia tenían un sabor diferente aquella mañana.

Gentile entró con paso cauteloso. Llevaba una bolita blanca en las manos. Se arrodilló junto a Fiorina y la colocó en su regazo.

—Mi reina —dijo con su voz pausada—, *Golosa* ha parido cinco gatitos; uno es completamente blanco. Mira, me lo han dado para ti.

Entonces se dio cuenta de mi presencia. Me miró con atención y dijo:

—Señor, vuestra madre y vuestra tía os buscaban para desayunar en el gabinete.

—No quiero desayunar en el gabinete de mi tía —dije de malos modos.

—Señor, Grimani y fray Bernardo os buscaban —insistió.

—¡Maldita sea!

Me levanté y salí a la galería. Lo que menos deseaba en aquel momento era ver la cara larga de Grimani y escuchar los monótonos consejos de fray Bernardo. Lo que me apetecía de verdad era ver de cerca el gatito de Fiorina.

En el gabinete de mi tía nunca estraba la luz. La anciana tenía los ojos delicados y las contraventanas de sus habitaciones no se abrían nunca. Tía Caterina era hermana de mi abuela materna y el único familiar vivo de mi madre. Mi padre, tan conocido en Florencia por su fuerte carácter como por su generosidad, la había recogido en palacio y la anciana vivía con nosotros desde que yo podía recordar.

Mi madre y su tía estaban sentadas junto a la mesita del desayuno.

—Pasa hijo —dijo mi madre con voz llorosa—. Siéntate y desayuna con nosotras.

—Ya he desayunado —repliqué.

—De todas maneras siéntate —ordenó tía Caterina.

—Ludovico —empezó mi madre secándose los ojos—, tu padre ha muerto y tú debes ocupar su lugar. Eres tan joven..., no sé si podrás llevar todo el trabajo que representa ser el señor de Santostefano, por otro lado...

—Claro que podrá —interrumpió mi tía golpeando un almohadón para acoplarlo a su espalda.

—Pero es sólo un niño y...

—No es un niño. En septiembre cumplirá dieciséis años. A esa edad cualquier aldeano está harto de doblar el espinazo y él tiene la suerte de haber sido educado por los mejores maestros. Se le ha preparado para ser el señor.

—Pero tan pronto... —lloriqueó mi madre.

—Bah, bah, eso son pamplinas. Lo mismo que lee en latín y salta la puerta de las caballerizas recitando a Homero, puede dirigir una casa como ésta.

—No quiero —dije resuelto—. Yo no lo he pedido. No quiero ser el señor de Santostefano. Sólo quiero ser Ludovico, Ludovico de Guido Orlani Ferrante.

—Todos esos nombres que suenan tan bien son los que corresponden al señor de Santostefano. ¿No lo comprendes? Es tu obligación. No puedes renunciar ni puedes escoger. Tú eres el señor.

—Madre... —dije buscando una ayuda.

Pero mi madre lloraba con la cara metida en su pañuelo.

Tía Caterina se levantó con esfuerzo y enderezó su espalda con un gesto de dolor. Puso su húmeda mano en mi hombro y dijo:

—La familia es como una daga. Una empuñadura que la sostiene firme para que nada la abata, y la protege contra sí misma, ese es el lugar de tu madre; las piedras, tallas y cinceles que la enriquecen, la ennoblecen y la decoran, ese es el lugar de tus hermanas, y lo más importante, la hoja afilada, la hoja que permite atacar y defender, avanzar y conquistar con limpieza y discreción. Ese es tu lugar, Ludovico. Tú eres la hoja de la daga.

—¿Por qué? —protesté—. Yo no he pedido nada. No quiero ser la hoja de la daga.

—¿Entonces qué quieres? —preguntó tía Caterina levantando la voz—. No se puede vivir en familia sin aportar nada. ¿Qué pretendes, vivir a su sombra? Se te ha preparado sin escatimar esfuerzos para ser la hoja de la daga. ¿Pretendes ahora ser sólo su sombra?

Salí del gabinete dando un portazo. Nunca me habían consultado lo que quería hacer. Habían decidido por mí y me habían adjudicado un papel en la familia sin preguntarme.

Furioso, bajé al patio con intención de ensillar mi caballo y escapar un rato del palacio; pero no había llegado al portón de las cuadras cuando fray Bernardo me alcanzó. Jadeaba y su barba mellada brillaba por el sudor.

—Ludovico... espera... un momento, tengo que... hablar contigo.

Iba a contestarle que me dejase en paz, pero no pude. Fray Bernardo me había enseñado a hablar, a rezar, a leer y a escribir, matemáticas, latín, griego, física... Me había ayudado en mis estudios siempre con el mismo ánimo, tanto los días en que terminaba enseguida con mis tareas como aquellas tardes en las que el tema no despertaba mi interés o mi mente se distraía con cualquier cosa. No podía pagar su paciencia de años con mi impaciencia de un momento.

—Tu madre está preocupada. Teme que no estés preparado para asumir el lugar que te corresponde, pero yo sé que lo harás bien. Es sólo cuestión de práctica, sólo práctica.

—Yo no quiero ser el señor —mascullé muy enfadado.

Fray Bernardo suspiró mirando al cielo. Me puso una mano en la espalda y me empujó por la galería adelante.

—Hijo, no siempre podemos hacer lo que queremos. Cada uno tenemos una misión, un destino. Eres el señor de Santostefano. Has nacido así. Esa es la voluntad de Dios.

El fraile siguió hablando de obediencia, de dignidad, de obligación, de paciencia... Cuando quise darme cuenta estaba en el estudio.

La estancia estaba limpia y recogida. La librería y el escritorio de mi padre se encontraban en perfecto orden; las cortinas cerradas y las lámparas encendidas. Aquella habitación nunca me había gustado y ahora su ambiente y su sobriedad formaban parte de la muerte de mi padre.

Miré la pared del frente. Allí estaba la cabeza de león, en el centro del escudo, mirándome con ojos amenazadores.

Grimani siguió mi mirada, y más apagado que nunca explicó:

—Tu tía ordenó que se arreglase esta sala y se reparase el escudo cuanto antes. Siéntate; debes recibir en audiencia.

—¿Audiencia?

No me dio tiempo a protestar. Recibí al gran mayordomo, jefe del servicio del palacio, que me saludó con respeto y me informó del número de criados, proveedores y colaboradores a nuestro servicio en aquel momento, y del buen funcionamiento de todo lo referente a la marcha interna de la casa. Recibí al capatáz de los campesinos de nuestras tierras, y me enteré del estado de las cosechas y de que había remitido la plaga que el año anterior había destrozado nuestras viñas. El médico me entregó los documentos referentes al accidente de mi padre y me habló de la enfermedad de Fiorina, que se mantenía estable.

Recibí a los protegidos de mi padre y a los artistas que vivían en palacio, al escultor que trabajaba en la decoración del gran salón, al sastre, al cetrero, a nuestro representante comercial en Francia, al armero, al maestro zapatero..., frentes inclinadas, miradas de respeto, de temor, de odio contenido... y el león del escudo presidía la sala sobre mi cabeza.

—Basta ya, Grimani. No quiero ver a nadie más.

—Pero señor, debes recibir al tesorero. Te informará de las cuentas y la administración.

—Pero...

—Señor —anunció Grimani sin dejarme hablar—. El tesorero al servicio de palacio, Arnoldo Arnoldi.

Antes de que pudiese articular una palabra entró en el estudio un hombre muy delgado, con una enorme nariz. Se paró delante de mí, se inclinó como si se hubiese roto por la mitad y luego me miró con tanto desprecio que sentí deseos de echar a correr.

—Señor, estos son los gastos del semestre. Podéis comprobar que se han reducido los concernientes a cueros y pieles, en cambio no ha sido posible evitar el aumento de los gastos de conservación y acondicionamiento. Según los deseos de vuestro padre, el acondicionamiento de los caminos de transporte...

Ya entraría el sol hasta el centro de la sala de juegos.

—... dado el coste unitario del saco de trigo...

Los pájaros azules de Fiorina volarían de un lado a otro alborozados.

—... un gasto de 300 florines que sumados a los...

Y la miel chorrearía su hilo dorado sobre el pan.

—¿Aprobáis las cuentas, señor?

—¿Qué?

—Que si aprobáis las cuentas —repitió el tesorero.

¿Cómo podía aprobar lo que no entendía?

—No lo sé —contesté vagamente.

—Pero señor... —insistía Grimani.

—Es fácil, sólo tenéis que firmar aquí —apremió el tesorero poniendo un pliego frente a mi cara.

—Tengo que pensarlo —contesté para ganar tiempo.

—¿Pensarlo?

—¿Qué hay que pensar?

Los dos hombres se miraron; Grimani, muy preocupado; el tesorero, impaciente.

—Quiero ver despacio ese libro de cuentas.

—No hay tiempo, señor.

—Tu padre ya lo había revisado —explicó Grimani en tono conciliador.

No sabía qué hacer, me sentía muy confuso. Yo no sabía nada de la administración del palacio ni de las tierras y las cosechas. Nunca me había preocupado el valor del trigo ni las plagas de los viñedos. No podía comprender las cuentas, pero, sin saber por qué, desconfiaba. Tal vez eran las miradas de complicidad que cambiaban los dos administradores o el ambiente amenazador del estudio, o tal vez el sol, los pájaros y la miel que me había perdido aquella mañana. Mi voz sonó tan firme que no parecía la mía.

—Si mi padre ya había revisado los libros, ¿por qué no firmó ese papel?

—Iba a hacerlo precisamente hoy, señor —dijo Arnoldi arrastrando las palabras.

—Precisamente —recalqué.

—El retraso de la firma —explicaba el escuálido

tesorero— retrasa a su vez el presupuesto para el segundo semestre y...

Grimani había salido del estudio para regresar con fray Bernardo.

—¿Qué ocurre Ludovico?

—Fray Bernardo, vos me habéis enseñado a no precipitarme. No quiero firmar lo que no comprendo y menos algo tan importante como las cuentas de nuestra casa.

—Sí, pero en este caso...

—Se retrasan todos los proyectos, señor.

—Debes firmar, Ludovico.

—Hijo, estos son los administradores de tu padre. Gozaban de toda su confianza.

—Son veinte años al servicio de los Santostefano, ¿no es así, Grimani? —preguntó Arnoldi con sorna.

—Veintidós —contestó casi sin voz el secretario.

Me sentía tan abrumado, tan oprimido por aquellos tres hombres que hablaban a la vez, y tan incómodo en aquella horrible habitación, que casi sin querer me levanté de la silla y dando un puñetazo en la mesa grité:

—¡No! ¿No soy el señor, el nuevo señor de Santostefano? Desde hace dos días no oigo otra cosa. Pues bien, si soy el señor, se hará lo que yo ordene. Quiero repasar esos libros antes de firmar. Arnoldi, haced el favor de dejar ese informe sobre el escritorio.

Jadeaba, nunca había sentido tanta violencia. Me

palpitaban las sienes y me temblaban las piernas. Los tres hombres me miraban atónitos. Yo siempre había sido un muchacho tranquilo y alegre que reía por palacio sin crear problemas.

—Señor... —tartamudeó Grimani.

Pero no podía parar mi furia. Salí de detrás del escritorio, aparté de un manotazo al tesorero y escapé a la galería.

El aire estaba tan pesado que apenas entraba en mis pulmones, y las lágrimas me nublaban el paso, pero pude ver la figura dorada de Gentile que salía de la biblioteca con un libro bajo el brazo; me miró un momento desconcertado y enseguida se acercó.

—Vico —dijo al mirarme a los ojos—, ¿qué te pasa?, ¿estás bien?

Asentí con la cabeza, no encontraba mi voz. Gentile me cogió del brazo, entonces vio a los tres hombres que me miraban asustados desde la entrada del estudio.

—¿Qué ha ocurrido?

—Soy el señor de Santostefano —dije con la garganta cerrada.

—Lo sois, mi señor. Perdonadme, he olvidado el tratamiento.

Pero no lo decía por él. Ni siquiera me había dado cuenta de su tratamiento.

—Quiero decir —expliqué con voz entrecortada— que si soy el señor debo ser obedecido y nadie puede obligarme a hacer lo que no deseo.

—Así es, señor.

Pero su mirada seguía siendo tranquila, como si mi furia, mis gritos y las caras de preocupación y asombro de fray Bernardo, Grimani y Arnoldi no le afectasen.

—Tú también debes cumplir mis deseos.

—Siempre, señor.

—En ese caso te ordeno que me trates como antes. No quiero oírte tratarme de vos nunca. ¿Me has oído? ¡Nunca!

Me miró con calma, sonrió y dijo:

—Han abrillantado el mármol de la galería...

El suelo brillante era motivo suficiente para aplacar mi furia y arrinconar mi disgusto. Nos miramos para ponernos de acuerdo en la salida y nos lanzamos corriendo para acabar deslizándonos hasta el recodo. Jadeando y riendo, nos abrazamos junto a la gran armadura de mi abuelo que decoraba la vuelta del pasillo y que siempre era nuestra meta.

—¿Me ayudarás? —le pregunté en voz baja.

—Sí —contestó.

Y el aire volvió a ser ligero y azul.

Mi palacio

Rosalba, mi hermana mayor, se parecía mucho a mi padre. Su mismo pelo rojizo, sus mismos ojos arrogantes, su mismo paso largo y sonoro... Aquella mañana me alcanzó cerca de las perreras, en mi paseo diario por el patio de servicio.

—Ludovico, hermano, ¿puedo hablar contigo?

Se colgó de mi brazo y antes de que yo dijese nada empezó:

—Tengo dieciocho años y no soy una belleza. ¿Sabes lo que significa eso?

Negué con la cabeza, sin interés. Uno de los galgos se había herido y el encargado de los perros ponía bálsamos y arcilla en la pata dañada.

—Nuestro padre no encontraba un pretendiente

apropiado para mí. Según él todos buscaban mi dinero.

El pobre animal aguantaba entre gruñidos el escozor de los ungüentos.

—No soy esbelta ni graciosa —continuaba Rosalba con voz cortante—. No tengo el paso breve ni la piel de seda, pero soy culta, fuerte y sana, y sé todo lo necesario para llevar una casa.

El perrero inmovilizó la pata del animal con un vendaje apretado contra el cuerpo y lo cubrió con un paño de lana.

—Hay un joven interesado por mí. No es un príncipe, pero es noble y florentino, y aunque no posee riquezas, tiene amigos importantes y grandes posibilidades de medrar.

El galgo estaba tan tenso que rechazaba el agua que su cuidador le ofrecía con insistencia.

—A padre tampoco le gustaba este joven, no sé por qué. Tal vez porque... ¿Me escuchas, Ludovico?

—Sí, sí —contesté sobresaltado, aunque en realidad sólo había escuchado el murmullo de su voz.

—Bueno —dijo mi hermana disgustada—, quiero que me des en matrimonio a Ércole da Conti.

—¿Qué?

—Necesitaré preparar el ajuar y deberás proveer mi dote.

Un matrimonio, una dote, un ajuar... ¿De qué hablaba Rosalba?

—¿Lo sabe nuestra madre?

—Tía Caterina conoce al señor da Conti y lo aprueba —contestó mi hermana con altivez.

¿Cómo podía decidir yo algo tan importante como el futuro de mi hermana? ¿Qué sabía yo de pretendientes ni de dotes? Estaba muy asustado y como el día anterior, empezaba a sentir que el suelo huía bajo mis pies.

—Tengo que pensarlo —dije para ganar tiempo.

Rosalba me miró con ojos de fuego, cerró los puños y rugió:

—Si tardas mucho en pensarlo te encontrarás con otra vieja carga envuelta en tocas negras intrigando y gimiendo por los pasillos.

—Tengo que pensarlo —repetí—. Debo conocer al pretendiente y estar seguro de que es conveniente para ti.

—Yo sé lo que me conviene —dijo con rabia.

Me recordaba mucho a mi padre. Mi miró con desprecio, se volvió dándome la espalda y se alejó moviendo su vestido con furia mientras se lamentaba en voz alta:

—¡Maldita suerte la mía! Si en lugar de nacer hembra hubiese nacido varón, qué gran señor de Santostefano tendría nuestra casa. Pero estoy destinada a vestir salones y a mecer cunas. ¡Si yo fuese el señor de Santostefano, Florencia y el mundo temblarían!

Sentía como si una mano enorme me apretase el estómago. Los criados de la perrera, los que transportaban el agua, los que limpiaban y vadeaban y los niños que jugaban como cada mañana en el patio de servicio, abandonaron sus tareas para verla alejarse erguida y rodeada de los vuelos negros de su falda.

—Nunca he oído hablar de Ércole da Conti —le dije a Gentile después del desayuno.

—Lleva tiempo rodando por palacio —me explicó mi amigo en voz baja—. A tu padre no le gustaba.

—¿Por qué?

—Según se comentaba en la cocina, porque es de familia gibelina[1].

Mi padre no estaba metido en asuntos de política, pero toda Florencia conocía su procedencia güelfa[1]. El escudo que le había matado lo proclamaba desde la boca abierta de su cabeza de león.

—Ayer las cuentas y hoy esto —comenté—. Dos cosas que debo decidir y no tengo ni idea de lo que debo hacer.

—Es sólo el principio —dijo Gentile hojeando el cuaderno de trabajo en Fiorina.

—¿Qué quieres decir?

—Que no sabes nada de nada y sólo tienes dos salidas: o lo dejas en manos de Grimani, de Arnoldi y de tu tía o te enteras de todo lo que ocurre en la casa y en la hacienda con todas sus consecuencias.

---

[1] En las guerras y rivalidades de la Italia medieval, los gibelinos eran los partidarios del Emperador, y los güelfos, los partidarios del Papa.

Era una tentación tan dulce abandonarlo todo y seguir siendo el muchacho feliz del palacio Santostefano...

—Hace unos días —dije con tristeza—, mi mundo era montar a caballo, correr al sol, leer y estudiar, jugar y cantar con Fiorina, hablar contigo y... preparar mi fiesta de cumpleaños. ¿Recuerdas? Mi padre me había dado permiso para hacer una gran fiesta el 14 de septiembre.

La fiesta de mi cumpleaños había llenado mi mente durante las últimas semanas. Quería hacer algo especial. Invitaría a todos los jóvenes de las más importantes familias florentinas y tenía permiso para organizarlo como quisiera, con disfraces y comidas exóticas, con músicos, bailarines y desfiles, faroles, cintas, flores y antorchas, para acabar con un gran baile y una sorpresa que todavía no había pensado, pero que sería tan fabulosa que durante años toda Florencia lo comentaría. Ahora, todo se había ido. Mi ilusión también había muerto.

—Ya no necesitas permiso para hacer nada —dijo Gentile, mientras colocaba en su lugar las piezas del pequeño ajedrez de marfil—. Ahora tú das los permisos.

¡Tenía razón! Podía organizar la fiesta a mi antojo. Yo era el señor. Yo daba las órdenes.

El señor.

—El señor revisa y aprueba las cuentas. El señor acepta o rechaza a los pretendientes. El señor otorga las dotes, los privilegios y los favores; recibe, escucha, decide, ordena... La hoja afilada de la daga.

—¿Qué dices?

Conté a Gentile la metáfora de la daga con la que mi tía quería obligarme a aceptar mi destino.

—La hoja de la daga —dijo pensativo.

—O la sombra de la daga —contesté desanimado.

Se levantó, me puso las manos en los hombros y dijo:

—Fiorina no me necesita esta mañana. Tiene que tomar su baño de barro, y el ama y el médico estarán con ella hasta la hora de comer. Podemos visitar el palacio. Una hoja de daga debe conocer bien su vaina.

—Ya conozco el palacio —dije aburrido.

Conocía la planta noble con el gran salón, el estudio, la sala de juegos y las habitaciones de la familia y de los invitados. De la planta de calle conocía bien el comedor y sobre todo la cocina; la visitaba cada vez que el olor de los bollos de Tanino, el pastelero, se escapaba por la ventana del patio.

Había estado algunas veces en la sala de recibir y en la de armas, y me gustaba de forma especial la capilla, que era famosa en Florencia por la bellísima sonrisa de la Madonna antigua que presidía el altar. Y el patio central, deliniado por un claustro de arcadas de medio punto, tan fresco que era nuestro lugar favorito para cantar y jugar al *scartino* en las tardes de verano.

Pero donde pasaba los mejores ratos era en el patio de servicio; a él se abrían las caballerizas, las perreras, el gallinero y todas las dependencias que formaban la despensa del palacio. Yo bajaba muy temprano, cuando el patio hervía de actividad y era posible ver al herrero sacar chispas de su yunque, a los criados que acarreaban el agua desde el pozo hasta la cocina, a los galgos sueltos, a los hijos de los criados, que jugaban a los torneos con las tapaderas de las tinajas por escudo y una escoba como lanza...

Aquella mañana Gentile me llevó al piso alto, en donde estaban las habitaciones de los criados. Me sorprendió la sensación de calor que producían los techos más bajos que los de la planta noble, la sencillez de los muebles y las ropas, y sobre todo, la vista del patio desde el corredor de columnas, justo sobre la galería.

—¡Es fantástico! La fuente se ve muy pequeña.

—Hay cosas más fantásticas —dijo Gentile con voz grave.

Bajamos por la estrecha escalera que comunicaba la planta alta con la cocina. Las ollas borbotaban en la gran chimenea llenando el aire de olor a guiso de verduras.

Al vernos, Camilona, la vieja cocinera, sonrió enseñando su único diente. Metió la mano en el cesto de la fruta y nos dio dos manzanas rojas y frescas.

Gentile tiró de mí. Abrió una pesada puerta claveteada y salimos a un pasillo estrecho. Al final una reja dejaba pasar una luz pobre y gris. Colgados del techo se adivinaban entre telarañas, melones, calabazas, racimos de uvas, ristras de ajos...

—¿Qué es esto? —pregunté un poco asqueado.

—Chisss, no digas nada —susurró Gentile.

Abrió la reja manipulando la cerradura con un alambre y pasamos a un patio oscuro en el que dormitaban algunos gatos.

Me quedé parado, aparte de la reja por la que habíamos salido, sólo había dos puertas cerradas. Gentile abrió con su alambre la más estrecha y volvió al centro del patio para tirar de mi brazo.

Bajamos por una escalera sin luz y salimos a un pasillo de tierra. Un olor húmedo y ácido se pegaba a la garganta.

—¿Dónde estamos?

—En tu palacio —contestó muy bajo Gentile.

Se asomó con cuidado tras una esquina y luego tiró de mí. En aquella zona del pasillo se abrían cinco estancias muy pequeñas con unas estrechas aberturas a modo de ventanas que dibujaban rendijas de luz en el suelo. Cada una de aquellas pequeñísimas habitaciones tenía una puerta de barrotes.

—Estas son las mazmorras —me presentó Gentile, haciéndose a un lado para que lo pudiese ver bien.

De las cinco mazmorras, o lo que fuesen aquellas horribles habitaciones, tres tenían los barrotes abiertos, las otras dos estaban ocupadas. Me acerqué a

una con cuidado para no llamar la atención del prisionero; era un hombre sucio y barbudo. El otro prisionero parecía dormir arrebuñado en un rincón.

—¿Qué es esto? —pregunté con voz temblorosa. ¿Quiénes son estos hombres?

—No lo sé —contestó mi amigo—, pero deben llevar mucho tiempo encerrados.

—¿Por qué? ¿Qué han hecho?

Gentile se encogió de hombros y se apoyó en la pared del pasillo con un suspiro. De pronto la pared cedió y Gentile rodó por una rampa estrecha hasta una especie de pozo oscuro.

—¡Gentile! —grité.

—¿Quién anda ahí? —preguntó una voz muy destemplada.

Por el fondo del pasillo venía un hombre demasiado gordo para andar por sitios tan estrechos. Llevaba un gorro negro y una anilla llena de llaves que cuchicheaban a su paso.

—¿Qué demonios... —dijo al asomarse a la puerta falsa por la que había caído Gentile—. ¿Eres tú otra vez? ¿No te dije que no quería verte más por aquí?

—Deja de gruñir y ayúdale a salir de ahí —ordené muy nervioso.

El hombre se volvió como una fiera.

—¿Y tú quién eres? ¿eh?

—El señor de Santostefano —contesté para impresionarle, aunque temblaba—. Vamos, ¿cómo se sale de ese pozo?

El hombre acercó su cara a la mía para comprobar mi identidad y retrocedió de inmediato haciendo reverencias.

—Señor, lo siento señor. No os había reconocido. Yo... yo no sabía...

—¡Saca a mi amigo de ahí! —grité.

El carcelero descolgó una soga de la pared, la pasó por una anilla fija en el dintel de la puerta falsa y se descolgó por la rampa hasta desaparecer en la oscuridad. Durante unos segundos sólo oí los latidos de mis sienes, y no pude respirar tranquilo hasta que conseguí llevar a Gentile casi arrastrando hasta el patio de los gatos.

—¿Estás bien?

Asintió sin aliento. Se sentó en el suelo y se apoyó en la pared. Tenía la ropa mojada, las manos arañadas y su brillante pelo dorado lleno de polvo, de telarañas, de paja sucia...

—¡Oh, Vico! —dijo casi sin voz—. Es un pozo, un pozo sin luz, sin aire, lleno de humedad y de basura.

Se levantó con mi ayuda. Me pasó un brazo por los hombros y dijo:

—Vamos arriba, tengo que lavarme y cambiarme de ropa.

—¿Cómo encontraste este lugar?

—Hace unos días... persiguiendo a ese díscolo gato oriental que regalaron a Fiorina, llegué hasta este patio y...

Atravesamos el lóbrego pasillo, la cocina y las escaleras traseras hasta el piso alto.

—Dios mío —murmuraba entre dientes—, sin luz... sin aire...

Abrí la puerta de la habitación que Gentile compartía con otros criados. De encima de un enorme arcón nos cayó delante la molesta figura de Morcone.

—¡Hop!

—¡Maldito bufón!

Bajé a mi habitación impresionado por lo que había visto en el sótano, hastiado por la broma del contrahecho hombrecillo y preocupado por Gentile. Era la primera vez que le veía perder la calma. ¿Por qué se había alterado tanto? ¿Quiénes eran aquellos pobres desgraciados de las mazmorras?

Me acodé en la galería. Necesitaba pensar, pero todo me daba vueltas.

El maravilloso palacio diseñado por Brunelleschi, el orgullo de los Santostefano, el tranquilo y seguro escenario de mis experiencias infantiles se había convertido en un lugar desconocido y amenazador.

El palacio de Santostefano.

Mi palacio.

Dejarse llevar

Después de sus baños de barro medicinal, Fiorina reposaba durante todo el día y Gentile la entretenía con juegos, lecturas y adivinanzas.

No volví a verle hasta el día siguiente, en el comedor.

La hora de comer se había convertido en una pesadilla desde la muerte de mi padre. Presidir la mesa desde la estirada silla de brazos, determinar el ritmo de la comida, sentir las miradas incómodas de los demás...

La mesa de mi casa siempre se había llenado de comensales. Mi padre sentaba a su alrededor a los hombres más extraños. No había sido un amante de las artes ni de las ciencias, pero no quería ser menos que el resto de los señores florentinos. Por eso, nuestra mesa se adornaba con un astrónomo de larga barba partida, un pintor holandés de paso por Florencia, un inventor que jugaba con los cubiertos y el anciano escultor que decoraba el salón en un trabajo que parecía eterno. Además, fray Bernardo, Grimani y la familia. Algunas veces, en vida de mi padre, también se sentaba con nosotros algún amigo que acaparaba la atención y la conversación.

Desde que yo presidía la mesa, la conversación había decaído. Los protegidos de mi padre me miraban con temor a que decidiera poner fin a su estancia gratuita en palacio, y mi familia no parecía tener ganas de decir nada.

Gentile llevaba a Fiorina hasta su sitio en la mesa y permanecía detrás de ella por si necesitaba algo.

—Fiorina —dije, levantando la voz para romper aquella tensión que me hacía perder el apetito—. ¿Cómo estás, cielo?

—Bien. Estoy bien, Vico.

La vocecita de mi hermana se perdía entre los tapices y las lámparas.

—Ludovico —dijo entonces Rosalba—, ¿has pensado ya lo que te dije ayer?

¡El pretendiente! Lo había olvidado. El descubrimiento de las mazmorras había acaparado todo mi interés.

Terminé el trozo de asado que tenía en la boca.

Me limpié con cuidado, bebí agua y armándome de valor dije:

—No conozco a Ércole da Conti. No tengo referencias de ese hombre. No puedo decidir nada —dije vagamente.

Fue como si mis palabras hubiesen desatado un vendaval. Tía Caterina, mi madre y Rosalba empezaron a hablar como si se hubiesen puesto de acuerdo.

—Es un hombre de grandes virtudes. ¿Verdad fray Bernardo?

—Pues...

—Sus referencias vienen de Francia.

—Y de Milán.

—Es un joven con un gran futuro. ¿No es así, Grimani?

—Tiene grandes y poderosos amigos —contestó el secretario sin levantar los ojos.

—Le recibiré mañana —dije para cortar la conversación.

Se hizo el silencio, pero las miradas cruzaban centelleantes como relámpagos de un lado a otro de la mesa.

Después de comer, ya en la galería, mi madre me habló con voz suplicante:

—Ludovico, hijo. Te veo más delgado y tu cara ya no tiene esa luz que era la alegría de todos.

—Madre, son demasiadas cosas. No entiendo lo que ocurre. Sólo sé que tengo que decidir asuntos que no conozco y afrontar responsabilidades nuevas. No sé qué es lo mejor. No sé qué debo hacer.

Me apartó el flequillo de la frente, enmarcó mi cara con sus manos y dijo, forzando una sonrisa:

—No te atormentes. No puedes saberlo todo. Administrar una casa y una hacienda es demasiado complicado para un hombre solo. Déjate llevar, hijo; las personas que controlan nuestros negocios son de toda confianza. Antes de que tú nacieras, Grimani ya llevaba el palacio. Es un amigo; tu padre confiaba plenamente en él. En cuanto a Arnoldi, es famoso por su pericia y acertada visión en los negocios. Conoce personalmente a los más importantes banqueros y se relaciona con los hombres más ricos del mundo. Más que servidores son fieles amigos de la casa. Tú también debes confiar en ellos.

¿Por qué no? Era tan fácil... sólo había que dejarse llevar y contentar a todos. Firmar los papeles sin mirarlos. Olvidar a aquellos dos hombres que sufrían bajo el mármol del palacio. Aceptar todo a cambio de no pensar y poder pasear, leer, jugar... volver a ser Ludovico.

Respiré hondo, me sentía oprimido y con ganas de correr y gritar. Como si alguien hubiese descorrido la pesada cortina que contenía mi ánimo.

Lo que más me apetecía era dar una vuelta a caballo por la ciudad. Hacía varios días que no montaba mi precioso caballo árabe.

Camino de las caballerizas mi pensamiento repetía: Todo tuyo, Grimani, los papeles, los pretendientes y los cautivos. Todo tuyo. Yo sólo quiero vivir, vivir y soñar.

Me extrañó ver en las caballerizas un caballo que no conocía. Le habían quitado la silla y la cabezada, pero el corte de sus crines, el largo de la cola y su gesto no eran de nuestra casa.

—¿De dónde ha salido este caballo? —pregunté.

—Es del señor Arnoldi, el administrador.

—¿Cuándo ha llegado?

—Esta mañana, señor —explicó el criado—. Me pidió que me ocupase de su caballo, ya que se iría tarde.

Arnoldi había vuelto y yo no le había visto. Estaba en palacio desde la mañana y no me había enterado. ¿Dónde había comido? ¿Por qué nadie me había dicho nada? ¿Por qué se escondía?

—Me da igual. No quiero pensar. Voy a salir. Voy a salir sin pensar en nada que no sea Florencia, mi caballo y yo mismo.

—¿Cómo decís, señor?

—Nada. Ensilla a Moro, por favor.

Cuando volví a casa ya no estaba el caballo del administrador en la cuadra.

—¿Qué hay en Florencia? —me preguntó Fiorina—. Anda Vico, cuéntame lo que has visto.

Me senté a su lado y le hablé de las calles calientes de sol, de los puentes, del mercadillo de flores, de los niños que jugaban en las plazas, del paso tranquilo de las aguas del Arno...

—¿Cuándo podré abrir otra vez la ventana de mi habitación? Ya habrán florecido las azaleas de la plaza.

—Ábrela cuando quieras, cariño.

—Pero el luto... Rosalba dice...

—La abriremos ahora mismo —dijo Gentile recogiendo las muñecas de Fiorina en la cesta—. Vico ha dado su permiso y él es el señor.

Levantó la silla de mi hermana y la llevó frente a la ventana. Abrió los postigos y las hojas acristaladas de par en par. La luz, los gritos de los vencejos y el olor de la calle inundaron la habitación.

—¡Sí! ¡Han florecido las azaleas! Gracias, Vico.

Me sentía tan satisfecho como si yo fuese el responsable de que floreciesen las azaleas.

—Para esto sirve ser el señor —dije en voz baja.

Gentile se sentó en el arca y me miró a los ojos.

—¿Qué te ocurre?

—Mi madre tiene razón. Hace años que el palacio y todo lo referente a las tierras y los negocios funcionan perfectamente en manos de los administradores. ¿Quién soy yo para revisar nada? Sólo entorpeceré el trabajo y quedaré en ridículo.

—Has decidido ser la sombra de la daga —dijo Gentile sin apartar los ojos.

Su comentario me llegó como un reproche.

—¿Qué otra cosa puedo ser cuando hay una mano poderosa que manipula la daga?

—¿Quién es la mano poderosa?

—No lo sé —contesté desanimado—. Es como un engranaje en marcha, si lo paras todo se hunde y si te metes en medio te destroza. Quiero seguir siendo Ludovico y vivir cada mañana una ilusión diferente, imaginar aventuras y soñar.

Los ojos de Gentile confundieron su azul con el cielo florentino.

—¿Puedes imaginar una aventura mejor que la que te espera en el patio de los gatos? —dijo en voz baja.

Me estremecí. Ni siquiera durante mi paseo por Florencia había podido apartar aquellas oscuras mazmorras de mi pensamiento.

—Me gustaría hacer algo, Gentile, pero no sé por dónde empezar. Intento ordenar mis ideas, pero hay algo en mi cabeza que no me deja. Me pierdo en mil detalles sin importancia y sólo procuro ganar tiempo. Pero el tiempo se vuelve contra mí. Y es tan fácil dejarse llevar...

—¿Has revisado el libro de cuentas?

—¿Para qué? No entenderé nada.

—Alguien ha pasado el día en el estudio. He visto a uno de los mozos de cocina entrar con una bandeja.

—Era Arnoldi; su caballo estaba en las cuadras.

—¿Qué hacía solo en el estudio de tu padre?

Me encogí de hombros. Estaba tan cansado que sólo me apetecía dormir, dormir durante días y despertar pensando que todo había sido un sueño.

Me levanté, besé a Fiorina y dije con la garganta apretada:

—Estoy muy cansado. Me voy a dormir. Buenas noches.

Los ojos de Gentile me acompañaron hasta la galería.

Caminé despacio hacia mi habitación. Rosalba y mi madre conversaban al fresco entre las columnas del patio. ¿Por qué todo avanzaba? ¿Por qué no era posible detener el tiempo en un momento feliz? Cada minuto que pasaba me parecía peor que el anterior. Me hubiese gustado volver hacia atrás las páginas de mi vida y hacer como en mis libros favoritos, poner una señal en el momento más emocionante de la historia para releerlo veces y veces. Para revivirlo tanto que el tiempo quedase inmóvil en el punto exacto.

—¡Hop!

Morcone salió de pronto de detrás de la armadura del abuelo y la sangre se agolpó en mi cabeza. Ahora que era el señor podía librarme de él y de sus gracias; podía prohibirle salir del piso alto. Pero aquel hombrecillo hacía reír a Rosalba y a Fiorina, asombraba a mi madre con su agilidad y sus trucos y era el único que dibujaba una sonrisa entre las flácidas mejillas de tía Caterina, encendiendo una lucecita de picardía en sus ojos descoloridos.

Entré en mi habitación, abrí la ventana y me acosté.

A pesar de mi sueño y mi cansancio no podía dormir. Intenté distraerme pensando en mi fiesta de cumpleaños, pero no podía concentrar mi interés.

En mi cabeza daban vueltas las ideas y las palabras. La voz suplicante de mi madre, la mirada huidiza de Grimani, las exigencias de Rosalba, el aleteo del libro de cuentas, la enorme carcajada de Morcone, el profundo olor de las mazmorras, los ojos de Gentile...

Ser el señor, pero dejarse llevar.

La hoja de la daga hiere, pero no decide.

Dejarse llevar... confiar...

¿Quién decide?

¿Qué decide?

El trozo de cielo que veía desde mi cama se volvió rosa, púrpura, morado y negro, y los sonidos que venían de la calle se fueron apagando hasta convertirse en el chasquido de los arcones o el aullido lejano de un perro.

Cuando me quedé dormido, los gorriones ya barruntaban el sol.

La conjura

Me levanté tarde, pero mi ánimo estaba tranquilo. Hacía calor. Desde la ventana de mi habitación, Florencia bullía entre verde y rosa.

Mientras me vestía, tomé una decisión:

'Dejaré las cuentas en manos de los administradores, la boda de Rosalba a la decisión de mi madre y las mazmorras...'

No, no podía hacer como si no lo supiese. No podía apartar de mi mente a aquellos dos hombres convertidos en sucios bultos marrones.

'Solucionaré lo de las mazmorras. Tengo que saber quiénes son los cautivos y cuál es su culpa.'

Lo primero era buscar a Gentile. Su serenidad me daba confianza.

Fiorina leía en el patio con el gatito blanco acurrucado en su regazo.

—¿Dónde está Gentile, cariño?

—Ha ido a buscar a ese gato nervioso que me regaló el embajador. ¿Recuerdas? Se escapa en cuanto me descuido y se pelea con otros gatos —me explicó mi hermana con su sonrisa de ángel.

¿Buscando el gato...? ¡Gentile estaba en el patio de las mazmorras!

Entré en la cocina, besé a Camilona, robé un bollito de leche de la bandeja y, en cuanto se distrajeron un poco, me colé por la puerta claveteada.

Una bocanada de frío húmedo se agarró a mi garganta. Los ajos y los melones mezclaban su olor con el de los gatos.

Caminé despacio hacia la pobre luz del patio. La reja abierta me hizo pensar que Gentile estaba allí, pero cuando me asomé al cuadrito de piedra sólo vi los ojos entornados de los gatos.

Mi amigo no estaba, el patio se abarcaba de una sola mirada, y tampoco estaba aquel antipático gato de hocico afilado.

Empujé la estrecha puerta por la que habíamos bajado el día anterior, pero estaba cerrada con llave.

'Llamaré y pediré explicaciones a ese carcelero o lo que sea —pensé intentando encontrar mi fuerza—. Yo soy el señor, éste es mi palacio y aunque no pueda decidir, tengo derecho a saberlo todo.'

Ya iba a descargar el puño sobre la puerta cuando

unas voces distorsionadas por un extraño eco me detuvieron.

—No es posible esperar más.

—El tiempo es ahora nuestro enemigo.

Escuché con atención. Las voces llegaban a través de la otra puerta que daba al patio. La empujé con cuidado, pero no cedió. Estaba cerrada y ni siquiera tenía cerradura. Sin duda, se abría desde dentro.

—Es necesario contar con ese dinero y el banquero no lo adelantará sin la firma y el sello de Santostefano.

—¿Sería posible falsificar la firma?

—Es arriesgado y sin el sello no tendría ningún valor.

Me apoyé en la pared. Las piernas no me sostenían. Alguien hablaba de falsificaciones y de dinero. Cerré los ojos para concentrar mi atención.

—¿No habéis encontrado el sello? —preguntaba una voz áspera.

—No, señor y revisé el estudio de arriba abajo.

¡Ese era Arnoldi! Reconocí su silbante arrastre de las eses.

—¿Dónde puede estar ese sello? Vos debéis saberlo, Grimani.

¡Y también estaba Grimani!

—Solía guardarlo en la caja de ámbar de su escritorio. Aunque algunas veces... ¡Dios mío!

—¿Qué os ocurre?

—¡El collar! —exclamó la descompuesta voz de

Grimani—. A veces lo escondía dentro del medallón del collar. Así podía llevar el sello consigo.

—¿Dentro? —preguntó una voz de mujer.

—El engarce del zafiro se levanta —explicó Grimani—. El sello cabe justo dentro.

—Bien, ya sabemos dónde está. ¿Cuál es ahora el problema?

—Le di el collar al chico.

—¿Le disteis el collar? ¿Por qué hicisteis una cosa así?

—Era necesario animarle, señora. Pensé que el collar le ilusionaría. Es sólo un niño.

—Hay que recuperar ese sello sea como sea —dijo la voz áspera.

—No será necesario llegar a la violencia. El chico no nos entorpecerá más. Firmará y selllará ese documento por su propia mano. Mi sobrina le ha convencido.

¡Era mi tía! ¡Tía Caterina conspirando contra mí!

—Más vale así. Con un accidente en la familia es suficiente —dijo Arnoldi con burla.

—Fue demasiado, Arnoldi. No debisteis llegar a eso.

—Vuestra sobrina no sabrá...

—¿Por quién me tomáis? Ella lo echaría a perder. Trabaja por nuestra causa en la ignorancia. Sólo le preocupa la felicidad de sus hijos.

—En cuanto a mi asunto...

—Ludovico os recibirá esta tarde y accederá al compromiso. No habrá problema.

¡Ércole da Conti! Él era el de la voz áspera. ¿Qué tramaban?

Me senté en el suelo, las piernas no me sujetaban. Una náusea profunda hacía temblar mi boca. Ni siquiera el suelo de piedra podía evitar el temblor de mi cuerpo.

—... porque hubiese sido posible alegar que el chico era demasiado joven y en ese caso... —continuaba tía Caterina.

—En ese caso, señora —silbó Arnoldi—, se le habría nombrado un tutor y ese tutor sería por derecho su padrino.

—¿Quién es su padrino? —preguntó Ércole.

—Piero de Médicis.

—¿Piero de Médicis? ¡Un puerco por padrino!

Y se desataron un tropel de carcajadas rebotadas por el eco que iban y venían a oleadas en mi cabeza.

—Silencio, señores —dijo jadeando tía Caterina—. Tenemos mucho trabajo por delante. Ya reiremos cuando Florencia no huela a puerco.

—Juremos —dijo Ércole da Conti—. ¡Muerte al puerco!

—¡Muerte!

—Pongamos la mano derecha sobre la cruz de esta daga —dijo la voz de tía Caterina—. Unimos nuestra voluntad con la fuerza del secreto y comprometemos cinco manos como una sola.

¿Cinco manos? Grimani, Arnoldi, Ércole, mi tía y... ¿Quién era la quinta mano?

La razón me impulsaba a huir, pero mi cuerpo no respondía. Estaba tan asustado que sólo podía abrir la boca buscando aire y dejar que las lágrimas inundasen mis ojos y mi nariz.

No sé el tiempo que estuve allí sentado, flotando por aquel patio que giraba como un torbellino. Sudando, temblando y sin poder concretar ningún pensamiento.

—Vico. ¿Qué te pasa?

Abrí los ojos con desgana. La mirada de Gentile puso luz al fondo de mi túnel.

—Son ellos... Piero... mi padre... ellos, y la quinta mano...

—¿Qué dices, Vico? ¿Qué ha ocurrido?

—Gentile... Gentile, ayúdame.

Confundidos en la actividad de la cocina, nos fue fácil salir al claustro sin que nadie se diese cuenta, aunque yo iba dando tropezones y bandazos. Gentile tiró de mí, abrió la primera puerta y me empujó dentro.

—¿Qué pasa? —pregunté asustado.

—Fiorina está en el patio y no quiero que te vea así.

—¿Dónde estamos?

—En la sacristía.

Me empujó hasta sentarme en el arcón de las vestiduras sagradas, entreabrió uno de los póstigos de la ventana, buscó un paño, lo mojó en un cubito plateado y me limpió la cara.

—¿Te habías lavado alguna vez con agua bendita? —bromeó.

—Gentile... he oído algo... algo horrible.

—Espera, Vico. Estás temblando.

Buscó entre las estanterías y los anaqueles y volvió con un precioso vaso de cristal rojo.

—Bebe.

El vino quemó mi garganta, pero templó mis nervios. Gentile acercó un escabel y se sentó frente a mí sin apartar sus ojos de los míos.

—¿Qué has oído? —preguntó cuando me vio más calmado.

—Una conspiración.

Y le conté todo lo que había oído a través de la misteriosa puerta sin cerradura.

—Es una puerta que ya no se usa, da a la entrada de la bodega, que se comunica con la cocina y con la calle de atrás.

Apenas oí la explicación de Gentile.

—¿Te das cuenta? Es una conspiración. Una conspiración contra Piero de Médicis que se fragua en nuestra casa y se financia con nuestro dinero y nuestro crédito.

—Sí.

—No fue un accidente. Ellos mataron a mi padre.

—Sí.

—¡Es horrible! ¡Horrible, Gentile! ¿Qué puedo hacer?

Me sentía atrapado en aquel enorme caserón lleno

de extrañas habitaciones y misteriosos pasadizos en el que se escondía un dragón de cinco cabezas.

Sobre la vieja jamuga de la sacristía descansaba, todavía sin guardar, el paño de terciopelo con nuestro escudo bordado que había cubierto el túmulo de mi padre unos días antes.

Negro.

Negro el terciopelo y los rincones de la sacristía. Negro el velo de mi madre y el futuro de mis hermanas. Negra la cabeza de león, mi casaca y mi esperanza...

Sin embargo, el suave azul de los ojos de Gentile no había perdido su serenidad.

—Tiemblas de nuevo.

Y me acercó el vaso rojo.

—¿Qué puedo hacer? —repetí angustiado.

—Piensa.

—No puedo.

—Claro que puedes. ¿Qué desearías hacer?

—Montar en mi caballo y escapar de esta pesadilla —dije con la voz cortada por la angustia.

—¿Escapar? ¿Dejar a Fiorina en las garras del dragón? Si te vas, ¿quién va a librar la batalla del patio de los gatos? ¿Quién va a ser el San Jorge del palacio Santostefano?

—No puedo enfrentarme a eso. Sólo tengo quince años. Ni siquiera he terminado mis estudios. No tengo fuerza y estoy asustado.

—Lo importante nunca es fácil, Vico. Cálmate y

encontrarás tu fuerza. No necesitas más edad ni estatura, ni siquiera más erudición. Sólo necesitas pensar.

Negué con la cabeza.

—¿Qué será de Fiorina? —dijo buscando mi mirada—. Ella confía en ti —y añadió en voz baja—: y yo también.

—Ayúdame, Gentile —pedí de nuevo—. No sé por dónde empezar.

Respiró hondo, enderezó la espalda y dijo:

—Si miras al dragón desde demasiado cerca no conseguirás verlo entero. Míralo de lejos y estudia sus partes: la vida del duque de Médicis, la firma y el sello de los documentos, el pretendiente de Rosalba, las mazmorras... Piensa en cada problema por separado, sin olvidar que cada paso que des para solucionarlo afecta a los demás.

—¿Qué harías tú? —le pregunté directamente.

—Yo no soy el señor de Santostefano.

—Y si lo fueses, ¿por dónde empezarías?

Se levantó, puso el escabel en su sitio, limpió y colocó el vaso rojo y dijo:

—El sello de tu padre es ahora la única garantía de tu vida. Escóndelo donde nadie pueda encontrarlo.

—Sí, el sello.

Me bajé de un salto del arcón y me lancé hacia la puerta. Gentile me sujetó antes de que pudiese tocar el picaporte.

—Espera, salgamos por la capilla y evitaremos preguntas. Tú no sabes mentir, se te nota en la cara. Nadie se extrañará de verte salir de la capilla.

Cerró el postigo que había abierto al entrar, descorrió una cortina y abrió la puerta que daba a la capilla.

La sonrisa de la Madonna era lo único amable que me quedaba del palacio Santostefano.

Piero de Médicis

Nada más entrar en mi habitación, abrí el arcón y busqué el collar entre los pliegues de la camisa de encaje que había llevado en la ceremonia fúnebre. Allí estaba, sobrio y pesado, mirándome desde el único ojo de su medallón de zafiro.

Necesitaba algo punzante con lo que abrir el engarce. Me temblaban las manos. Metí la punta del abrecartas y el cierre saltó con un ligero chasquido.

Respiré aliviado. Allí estaba la pequeña pieza de plata con el grabado de la S dibujada en hojas de acanto. El sello de Santostefano. Mi sello.

Me senté junto a la ventana. Florencia iba y venía en su animado trajín, ajena a mis problemas.

'Dios mío —pensé—. Tengo el sello, pero ¿qué

puedo hacer? Sólo soy un niño, un niño contra una conjura. Me barrerán de un soplido. Les será muy fácil librarse de mí.'

Me tentaba la idea de dejarlo todo en manos de Grimani, Pero la figura menuda de Fiorina se interponía en mi pensamiento. Ella dependía de mí, y mi madre, inocente de cuanto ocurría a su alrededor, y Rosalba, a quien Ércole iba a utilizar para legalizar su presencia en palacio y su derecho a manejar nuestra hacienda. Además, estaba en peligro la vida de Piero, mi padrino.

Una idea se abría paso entre el barullo de mis pensamientos: ¡Piero! ¡Piero de Médicis! Tenía que avisarle y contarle lo que estaba ocurriendo. ¡Mi padrino me ayudaría!

Guardé el sello en su lugar y cerré el zafiro, me puse el collar debajo de la camisa y salí a la galería. Todo estaba tranquilo y nadie me vio entrar en el estudio.

Abrí una rendija de la ventana. El escudo me pareció más oscuro y amenazador que nunca. Hasta creí ver una extraña sonrisa en la boca abierta del león.

Busqué el cuaderno de las cuentas y el papel que Arnoldi quería hacerme firmar, los enrollé y los escondí en la amplia manga de mi camisa. Cerré la ventana y salí con cuidado. No había llegado al ángulo de la galería cuando la parda figura del bufón llenó de hormigas mi sangre.

—¡Hop!

—¡Ah! ¡Estúpido! ¡No vuelvas a asustarme!

—¡Oh, señor! ¡Mi gran señor! ¡Mi excelente señor!

Se burlaba de mí abiertamente, pero yo no podía hacer nada. Aquel cómico gozaba de la protección y la simpatía de mi familia y, en aquellos momentos, una sonrisa era un tesoro.

Apreté el paso para llegar a la escalera cuanto antes. Deseaba salir a la calle y respirar libertad.

El palacio Médicis era mucho más grande y más complicado que el nuestro. Para poder ver al señor era necesario pasar varios controles y antesalas.

Dejé mi caballo al cuidado de un criado y me saqué el collar fuera de la camisa pero, aun así, debí esperar a que uno de los secretarios de mi padrino me reconociese.

—Señor de Santostefano —dijo con media reverencia—. Esperad, por favor. Mi señor os recibirá enseguida.

Pero aún transcurrió media hora antes de que la pesada puerta de la sala de Piero se abriera para mí.

—¡Ludovico! ¡Pasa muchacho!

En su palacio parecía aún más alto y más fuerte.

—Mirad —dijo dirigiéndose a los hombres que le rodeaban—, es Ludovico de Guido Orlani Ferrante, señor de Santostefano. ¿No es fantástico? Mi ahijado es ya todo un hombre. ¿No le recordáis? Es el risueño hijo de Guido. Nunca he visto un niño tan feliz: reía, reía...

Me miró con exagerado interés y dijo:

—Pero ahora no pareces muy feliz. ¿Qué ocurre, Ludovico?

—Tengo que hablar con vos.

—Adelante. Te escucho.

Los hombres que le acompañaban me miraban divertidos.

—Puedes hablar con tranquilidad —añadió Piero al notar mi preocupación—, son amigos de confianza.

—He descubierto una conjura contra vos —dije con firmeza.

—¿Una? —preguntó Piero mirando a sus amigos—. ¿Sólo una?

Todos rieron.

—Querido muchacho, últimamente todo son sospechas de conjuras contra mí.

—No es una sospecha —dije molesto—. Estoy seguro.

—Sí, sí. Todos están seguros —se acercó a mí, me puso la mano en el hombro y continuó—: sé que tu intención es buena y que sólo te mueve la lealtad, pero desde hace unos meses no recibo más que avisos de desgracias y promesas de desastres.

—Tenéis enemigos, señor.

—¿Quién no los tiene en estos tiempos? ¿Puedes darme nombres? ¿Tienes pruebas?

Negué con la cabeza. No podía acusar a mi tía ni dar más detalles sin saber quién era la 'quinta mano'.

—¿Ves? —continuó Piero de Médicis—, son sólo sospechas. ¿Conoces a Cardiere, el guitarrista? No hace más que venir a comunicarme que mi padre se le aparece en sueños y le dice que me avise de que seré expulsado de la ciudad.

Se volvió a sus amigos y comentó divertido:

—¿No creéis que si mi padre tuviera algo que decirme desde el otro mundo, se me aparecería a mí sin intermediarios?

Las carcajadas de aquellos hombres me hicieron comprender que era inútil intentar atraer la atención de Piero. Suspiré, me sentía pequeño y ridículo. Lo mejor era no insistir.

Ya me iba a despedir cuando recordé las cuentas.

—¿Puedo pediros un favor?

—Por supuesto que puedes. Eres mi ahijado.

De nuevo se divertían a mi costa. Saqué el cuaderno de cuentas y el papel que Arnoldi quería que firmase. Mi padrino hizo un gesto y sus amigos le rodearon.

Durante unos minutos aquellos hombres hojearon el cuaderno entre molestos comentarios.

—¿Tanta tierra tienen los Santostefano?

—A ver, a ver ¿a cómo sale ese precio?

—¡Mira esto!

—¿Cuántos florines?

—Ludovico —dijo por fin Piero—. Estas cuentas están bien, pero no están completas. Los negocios de tu familia se centran principalmente en el mercado exterior. Aquí sólo se refleja lo relativo a las tierras y las cosechas, pero hay varios barcos con vuestra bandera surcando los mares e importantes movimientos financieros que deben producir ganancias.

—¿Debo firmar ese documento? —pregunté aturdido.

Piero se acercó a mí. Me devolvió el cuaderno y el documento y aclaró:

—Es un permiso de crédito. No tiene nada que ver con las cuentas de las tierras. Si crees que el motivo del crédito es correcto debes firmar.

Me miró. Mi cara debía reflejar toda la confusión de mi pensamiento, porque su expresión se suavizó.

—Ludovico, tu padre tenía la suerte de contar con un hombre tan experto y fiel como Grimani. No sólo era su secretario, era su amigo. Confía en él. No es fácil encontrar gente leal y un solo hombre no puede abarcarlo todo. Tú eres demasiado joven y necesitas tiempo para acostumbrarte a conducir una rienda tan dura como la que te ha tocado llevar. Eres inteligente y sagaz, enseguida encontrarás el equilibrio entre la justicia y la conveniencia, entre la confianza y la suspicacia. Mientras tanto, necesitas el respaldo de Grimani.

Me despedí con una inclinación de cabeza. Ya estaba en la puerta cuando Piero dijo levantando la voz:

—Y no te preocupes por las conjuras. Florencia

aún recuerda la... limpieza que siguió a la de los Pazzi.

Todos rieron. Cerré la puerta y salí a la calle. Se había nublado dentro y fuera de mí.

Cabalgué por la campiña hasta cansarme. Me senté en el suelo intentando no sentir nada, no pensar, mirando cómo se dibujaba el horizonte en una línea morada, y rápidos fogonazos anunciaban la tormenta.

¿Qué había más allá de los relámpagos? Tal vez fuese posible huir de Florencia, de mi palacio y de mi nombre, pero ¿cómo podía huir de la butaca de mimbres de Fiorina? Era imposible dejar de pensar.

Volví despacio, envidiando a los chicos que jugaban en las calles y a los jóvenes que charlaban y contaban chistes sentados en la plaza.

El viento formaba un pequeño remolino de polvo, lana y briznas de paja en el patio de servicio.

Dejé los papeles de las cuentas en el estudio y pasé deprisa a mi habitación. Alguien la había registrado. En uno de los arcones había quedado pillada una manga de camisa, los libros tenían un orden diferente al que a mí me gustaba mantener, mi caleidoscopio había rodado hasta el final de la cama, la ventana estaba entreabierta, mi colección de caballitos fuera de línea... ¡Habían estado buscando el sello!

Sentí un vuelco en el estómago y mi cabeza empezó a repetir como una letanía:

'Tengo que esconderlo, tengo que esconderlo.'

Abrí el engarce del zafiro y saqué el sello, lo apreté fuerte dentro de mi mano y salí a la galería. Necesitaba un sitio seguro en el que nadie tocase. Un lugar que no se le ocurriera a nadie, y lo necesitaba enseguida.

En el recodo de la galería, la enorme armadura de mi abuelo se recortaba triste y gris como la luz de aquella tarde, sobre el fondo blanco de la pared.

¡La armadura! Estaba tan vista que ya nadie la miraba. Parecía formar parte de la estructura del palacio y sólo se movía para la limpieza general una vez al año. Además, siguiendo la orden de Rosalba, se había limpiado para el funeral de mi padre. Nadie la tocaría en mucho tiempo.

Me acerqué sin hacer ruido, miré a un lado y a otro para asegurarme de que nadie me veía y metí el sello en la manopla izquierda de la armadura de mi abuelo.

Cuando bajé al patio estaba más tranquilo aunque todavía tenía un molesto temblor en las rodillas.

—¡Vico! —exclamó Fiorina al verme—, ¿dónde estabas? Te han estado buscando toda la tarde.

Antes de que pudiera contestar, se acercó Rosalba atravesando el patio como una furia.

—¿Dónde estabas? —me preguntó casi gritando—. ¿Tú no sabes lo que significa ser el señor? ¿No tienes palabra?

Por la puerta de la capilla apareció mi madre estrujando su pañuelo muy nerviosa.

—Ludovico, hijo. Qué mal rato he pasado.

—¿Dónde te habías metido? —aulló tía Caterina desde la galería.

Grimani y fray Bernardo se acercaban por el claustro con paso rápido.

—Ludovico, muchacho —dijo con aire recriminador mi maestro.

—La palabra de un señor es la seña de su dignidad —comentó con voz agotada Grimani—. Te comprometiste a recibir a Ércole da Conti esta tarde. El caballero ha esperado tres horas y ha dejado el palacio disgustado y ofendido. Has desaparecido sin decir a nadie a dónde ibas ni dónde se te podía encontrar. Has faltado a la comida sin avisar a tu madre. Es una conducta infantil e irresponsable, indigna del señor de Santostefano.

Había olvidado aquel compromiso. Mi pensamiento estaba demasiado cargado y se defendía olvidando.

Iba a disculparme, pero no me dieron tiempo. Grimani respiró como si le faltase el aire y se perdió entre las sombras del claustro. Mi madre subió al piso alto secándose los ojos y Rosalba echó a correr para alcanzarla. Tía Caterina cerró la ventana de un portazo y fray Bernardo se quedó mirándome en silencio, moviendo la cabeza.

Aquella noche, cuando sólo algunos criados deambulaban por palacio apagando luces y cerrando puertas y ventanas, bajé al patio y me senté en el borde de la fuente como solía hacer cada noche antes de que la casa Santostefano cayese de golpe sobre mi espalda.

—Hoy no hay estrellas.

La voz serena de Gentile me sobresaltó. No le había oído llegar. Se sentó frente a mí, pero la noche era tan oscura que casi no le veía.

—¿Estás bien? —preguntó.

—Sí.

—Te busqué por todo el palacio —dijo en voz baja—. Temía que te hubiese pasado algo. Cuando vi que no estaba tu caballo comprendí que habías salido.

—He ido a ver a Piero —dije lo más bajo que pude.

Y conté a mi amigo los detalles de mi visita y la molesta decepción que me había producido.

—Esa arrogancia le perderá —comentó Gentile.

—Alguien ha buscado el sello.

—¿Cómo lo sabes?

—Han registrado mis arcones y mi escritorio. Hasta han movido mi colección de caballitos.

—¿Y el sello? —preguntó, preocupado.

—Lo he escondido en una manopla de la armadura.

No dijo nada. El viento traía un agradable olor a tierra mojada que despejaba mi pensamiento.

—No voy a ceder —dije después de un rato—. No voy a firmar nada ni aceptaré a Ércole en mi palacio, y en cuanto tenga ocasión cambiaré de secretario y de administrador.

—Es muy peligroso —susurró Gentile.

Un relámpago iluminó un instante su dorada figura.

—¿Te han roto algún caballito?

—No, no han roto nada.

Todos los jóvenes florentinos coleccionaban cosas, pero mi colección de caballitos era única; los había de cristal tallado, de marfil, de ébano, de turquesa, de alabastro...; era mi favorita, aunque también coleccionaba monedas antiguas, plumas de pájaros, hebillas y conchas.

—¿Tú qué coleccionas? —pregunté a mi amigo.

—Miradas.

—¿Miradas? ¿Y dónde las guardas?

—En el recuerdo.

Se levantó, me dio una ligera palmada en el brazo y dijo:

—Buena noche, Vico.

Un relámpago le acompañó hasta la escalera de servicio y enseguida un trueno estremeció las paredes de palacio. La pastosa voz de Morcone canturreaba desde algún lugar del claustro:

—Ver sin mirar, mirar sin ver. Todo se puede saber.

Traición

Había llovido y el tibio aliento de la calle llenaba mi habitación. La ruidosa tormenta y mis pensamientos no me habían dejado dormir.

Era más de mediodía cuando me decidí a salir de la cama. No tenía ganas de ver las caras de reproche de mi familia ni las miradas severas de Grimani y fray Bernardo.

En el comedor todo estaba animado. Mi madre hablaba con Rosalba. Tía Caterina revisaba los platos y regañaba a los criados. Grimani escuchaba la pesada charla del escultor.

¡Me estaban esperando para comer!

Sólo faltaban Fiorina y Gentile.

—La niña ha pasado muy mala noche —me

explicó mi madre—. Ha tenido muchos dolores, la pobrecita. El médico no la ha dejado levantarse esta mañana.

Apenas habían servido el asado cuando Grimani después de respirar hondo dijo con voz oscura:

—Ludovico, esta tarde vendrá a visitarte el señor Ércole da Conti.

—No voy a recibirle —dije enfadado.

—¿Qué? —casi gritó Rosalba.

—He decidido no aceptarle. No hablaré con él.

—Mi señor está de buen humor —dijo Grimani con una sonrisa forzada—. Sin duda bromeas, Ludovico. Me agrada comprobar que has recuperado tu alegría.

—No bromeo. No me gusta ese hombre.

Grimani dirigió una mirada huidiza por toda la mesa, y explicó levantando la voz:

—Nuestro querido Ludovico envió ayer mismo una nota al señor da Conti disculpándose por no haber podido recibirle y comunicándole su aprobación y satisfacción por la propuesta que dicho señor venía a presentar.

—Pero si yo...

—El señor da Conti —continuó Grimani sin dejarme hablar— quiere presentarte sus respetos y agradecer personalmente la concesión de la mano de tu hermana Rosalba.

—Muy bien hecho, hijo —dijo mi madre.

—¡Oh, señora! —exclamó Grimani con fingido

entusiasmo—, la redacción y el tratamiento de la carta eran impecables. El señor da Conti elogió la cortesía y la amplia preparación del joven señor de Santostefano.

—Sabía que no nos defraudaría —dijo mi madre.

Todos estaban felices. Los comentarios cruzaban de un lado a otro de la mesa. Incluso aquellos invitados de mi padre que se sentaban a comer aunque él ya no la presidiera, reían animados cambiándose las fuentes y sirviéndose cremas y purés sobre el asado.

Me levanté y salí al patio. Estaba muy nervioso y la furia crecía dentro de mí. Habían decidido por su cuenta sin contar conmigo. De nada valdría gritar o protestar, Grimani siempre había llevado la rienda del palacio y todos estaban acostumbrados a recibir sus órdenes sin poner en duda su autenticidad.

Caminé despacio hasta la habitación de Fiorina. La niña estaba recostada sobre almohadones. Gentile, sentado en el borde de la cama, leía con su voz serena. De vez en cuando, la pequeña se quejaba torciendo el gesto y apretando los puños, entonces Gentile dejaba de leer, cogía la mano de Fiorina entre las suyas y muy suave susurraba:

—Shhhh, no, mi princesa, no, no duele; es sólo un sueño, un sueño. Calma... calma...

Y la pequeña se iba tranquilizando poco a poco.

Me alejé sin hacerme notar. No podía aumentar su preocupación con mis problemas.

Anduve sin rumbo por la galería. No sabía qué

hacer. Estaba ofendido, aturdido y furioso. Me sentía tan ridículo que sólo deseaba meterme en mi cama y dejar correr el tiempo.

De pronto, la delgada figura de Arnoldi me sobresaltó. Salía del estudio de mi padre con el cuaderno de cuentas y el documento de crédito bajo el brazo.

—Señor —dijo doblándose por la mitad—, os agradezco la celeridad con que habéis repasado las cuentas y vuestra aprobación y firma. Espero seguir contando con vuestra confianza.

Y sin mirarme a los ojos ni entretenerse un solo instante, apretó el paso y desapareció escaleras abajo.

¡Las cuentas! ¡Habían firmado las cuentas!

Todo giraba a mi alrededor como un torbellino. Se habían atrevido a falsificar mi firma, pero ¿y el sello?

Corrí hasta el recodo del pasillo y muy nervioso metí la mano en la manopla de la vieja armadura. El corazón me palpitaba en las sienes.

—¡No está! —exclamé en voz alta.

Busqué en la otra manopla por si mi memoria estaba tan cansada como mi pensamiento, pero no, allí tampoco estaba el sello. Sin duda, lo habían encontrado.

Bajé al patio con intención de pedir explicaciones a Grimani, pero tropecé con tía Caterina al final de la escalera.

—Ludovico, ayer te pusiste en ridículo y convertiste el nombre de Santostefano en el hazmerreír de Florencia.

—¿Qué decís, señora?

—Sólo a ti se te ocurre visitar el palacio Médicis contando fantasías de muchacho desocupado y enseñando las cuentas privadas de la casa. ¡Qué vergüenza!

—No son fantasías, tía Caterina. Vos lo sabéis —dije con rabia.

—¡Oh! —exclamó con voz hueca—. El joven señor jugando a las intrigas cortesanas. Vamos Ludovico, deja de ser niño. Si no estás seguro de lo que es o no es correcto, pregúntalo. Pocos señores en Florencia cuentan con un consejero de la talla de Grimani.

Me dio la espalda y refunfuñando, subió la escalera balanceándose sobre sus pies.

Esperé a que el secretario terminase de hablar con mi madre y con Rosalba y le abordé antes de que llegase a la puerta del estudio.

—Grimani —llamé con voz firme—, quiero hablar con vos.

—Sí, mi señor.

Entré en el estudio y él me siguió. Estaba muy pálido.

Era tanta mi furia que no sentí como otras veces la amenazadora risa del león.

—¿Qué está pasando? —pregunté con firmeza—.

Yo no he escrito a Ércole da Conti ni he firmado el documento de crédito. ¿Qué estáis haciendo, Grimani?

Me miró con tristeza.

—Ludovico, no preguntes. No puedes hacer nada. Es mejor que no interfieras, por tu bien y el de tu familia.

—¿Es una amenaza? ¿Vais a matarme como a mi padre?

—Yo no maté a tu padre —protestó levantando la voz y luego más bajo, añadió—: no pude evitarlo.

—El gran secretario, el hombre de confianza, el fiel amigo de mi padre.

—Ludovico, la vida no es una de esas aventuras de grandes héroes que tanto te gusta leer. Nadie es totalmente bueno, generoso y fiel y nadie es perverso, egoísta y cruel por naturaleza. Las circunstancias nos obligan a comportarnos de una u otra manera. Eres muy inteligente, te será fácil comprenderlo. Sólo tienes que actuar con prudencia y no enfrentarte a lo que no puedes vencer.

—¿Pretendéis que me deje robar y que consienta que se aprovechen de mi nombre y de mi posición sin hacer nada? ¿Esa es la sagrada misión del señor de Santostefano?

—Olvida lo que sabes, muchacho, olvídalo y no pasará nada. Podrás vivir feliz como antes, nada cambiará en palacio. Podrás divertirte cuanto quieras, cazar, organizar fiestas y reuniones, asistir a torneos, celebrar banquetes... La casa Santostefano es rica y poderosa y tú eres demasiado joven para preocuparte. Tu misión es ser feliz y procurar que lo sea tu familia.

—¿Sin hacer nada?

Hay muchas cosas que puedes hacer. Organiza el palacio a tu modo. Cambia la decoración de la salas que no te gusten. Encarga estatuas para decorar el patio o manda instalar una fuente más alta. Inventa una nueva casaca para uniformar a tus criados. Compra caballos o pavos reales. Colecciona cosas curiosas o personas interesantes. Puedes rodearte de las personas que más te agraden: artistas, filósofos, atletas... nadie declinará la invitación del señor de Santostefano.

Cogió una carpeta del escritorio de mi padre. Colocó algunos papeles, apagó la lámpara y salió del estudio. Ya en la galería se volvió y dijo sin mirarme:

—Recibe a Ércole esta tarde y procura ser agradable.

Me quedé solo, acodado en la ventana de la galería; estaba tan desanimado que no tenía ganas ni de moverme.

El patio era gris. El día seguía nublado y no se dibujaban las sombras. El único color eran las flores de los geranios de Fiorina que se agrupaban bajo la escalera de piedra.

Mi infancia había volado lejos, llevándose entre las alas todos los colores de mi palacio.

En un ángulo del claustro, sentada entre dos columnas, Rosalba hablaba con el ama y escribía en su cuaderno con mucha atención.

Tal vez si hablase con ella...

Bajé al patio. Rosalba me saludó con una sonrisa.

Sonreía, Rosalba me sonreía.

—Ludovico, no te he dado las gracias. Has sido muy generoso al dejarme abierto el presupuesto para mi equipo. Mira, estoy haciendo una lista de lo que voy a necesitar.

Un traje de seda con piel, un vestido rosa forrado, un vestido púrpura adornado en oro y forrado de tafetán verde, un vestido estampado en oro...

—Rosalba, ¿te gusta ese hombre?

—¿Ércole? Sólo le he visto una vez. Cuando vino a hablar con nuestro padre.

—¿Te gusta? —repetí.

Mi hermana se encogió de hombros.

—Qué más da —dijo con tristeza.

—No le conoces. ¿Crees que puedes ser feliz con él?

—Dicen que es educado y respetuoso.

—Eso no es suficiente. ¿Podrás quererle?

Rosalba me miró y luego dejó perder la mirada entre las baldosas del patio.

—Eso ya no importa —susurró.

El ama me miró con reproche, pasó la mano por el

pelo rojizo de mi hermana y dijo con aire animado:

—No pienses, mi niña. Ahora lo importante es el equipo. ¿Por dónde íbamos? Ah, sí, un vestido de seda estampado en oro, una capa de...

Rosalba tampoco era feliz. ¿Quién era feliz en el palacio Santostefano?

Entré en la capilla y me senté frente a la Madonna de la sonrisa. Me sentía derrotado, perdido entre las intrigas y los intereses de los demás.

Ya nada podía hacer. Tenían el sello. ¿Cómo lo habrían encontrado? Sólo Gentile y yo conocíamos el escondite. Sabían que había descubierto sus planes, pero yo sólo había comentado mi descubrimiento con Gentile. Se habían enterado de mi visita al palacio de Médicis y de mi decisión de no dar paso a Ércole da Conti, algo que sólo sabíamos Gentile y yo. ¿Cómo...?

Una angustiosa conclusión empezaba a abrirse paso en el laberinto de mis pensamientos:

Gentile.

—No, Dios mío, Gentile no.

Pero aquella sospecha se iba haciendo cada vez más nítida. Los razonamientos se agigantaban en mi mente:

Sólo Gentile conocía todos mis descubrimientos, mis ideas y mis proyectos.

Gentile...

Sólo Gentile conocía el escondite del sello. Sólo él pudo...

Gentile... Gentile...

¿Qué sabía de él? Nunca contaba nada de sí mismo. Ni siquiera sabía cuando era su cumpleaños. Nadie sabía de dónde había salido. Vivía en palacio desde que mi padre le recogió cuando sólo era un niño de unos diez u once años y Morcone le encontró herido y hambriento en la puerta de servicio. Ni siquiera sabía si Gentile era su verdadero nombre.

Gentile, mi compañero de aventuras.

Un traidor.

Gentile, el de la voz suave y la mirada serena.

Traidor... traidor...

Gentile, mi confidente, mi amigo.

Traición.

La idea no me dejaba respirar. Tenía un agujero en el pecho que me dejaba sin fuerzas. Sólo quería llorar, llorar hasta que las lágrimas borrasen mis pensamientos.

La quinta mano

Durante dos semanas caminé por palacio como un sonámbulo. Observaba el movimiento a mi alrededor y las caras de todas las personas que habitaban mi casa como algo ajeno a mí. Era como si lo viese desde fuera, como si en vez de vivirlo lo estuviera leyendo.

Pero no podía cerrar aquel libro y dejar todas sus intrigas atrapadas entre sus hojas ni podía salir del caos de su argumento. Yo era el héroe de aquella historia. Un héroe perdido, dominado y traicionado.

Desde la tarde en que, sin mirarle y sin hablar, recibí a Ércole y sin escucharle dieron por aceptada su presencia en palacio, aquel áspero hombre de mirada torva frecuentaba la planta baja de mi casa, y a veces me le cruzaba en el patio o en el claustro sin encontrar la fuerza suficiente para preguntar los motivos de su visita.

El pequeño ataque de Fiorina remitió en cuanto el tiempo volvió a ser seco, y Gentile la sacaba al patio y jugaba con ella, leía o tocaba el laúd. Me acercaba cada mañana a besarla y su voz apenas entraba en mi entendimiento.

—¿Estás triste, Vico?

—Un poco, cariño.

—¿No quieres jugar conmigo?

—No tengo ganas de jugar, tesoro.

—Canta con nosotros.

—Fiorina...

Pero los ojos de Gentile no se apartaban de los míos y me dolían como una herida.

Evitaba encontrarle a solas. Cada vez que le miraba se me cerraba la garganta y no conseguía articular palabra. Me hubiese gustado pedirle explicaciones, oír sus razones, conocer sus rencores, pero no podía dominar el dolor y la rabia que llenaban mi pecho.

Una noche, sentado en el borde de la fuente, contemplando como la luna pasaba despacio de uno a otro de los cristales de la galería vi deslizarse frente a mí, cauteloso, aquel extraño gato oriental de hocico oscuro. El díscolo gato de Fiorina, el que había ido a buscar Gentile el día que descubrí la conjura.

Sin querer pasaron por mi recuerdo los momentos vividos en aquel maloliente patio y la voz suave y las atenciones de Gentile en la sacristía.

Gentile... No estaba en el patio buscando el gato, sin embargo apareció enseguida, después de que se despidieran los conjurados. ¿Dónde había estado? ¿Por dónde había entrado? ¿Cómo sabía que yo...? ¡La quinta mano!

De nuevo aquel doloroso nudo que amenazaba con estallar mi garganta.

Gentile, mi compañero de aventuras, mi admirado capitán en las batallas de la sala de armas, el invicto héroe griego de dorada cabellera en nuestras escaramuzas de la galería, envuelto en una conjura, conspirando contra mí. El que yo sentía como mi mejor amigo era la quinta mano.

¿Qué podía hacer? ¿Echarle de palacio? Si era el quinto conjurado, era tan peligroso como los otros cuatro; pero entonces, ¿quién podría sustituirle al lado de Fiorina? Gentile quería a la niña, eso era seguro, no había más que observar la ternura con que la trataba, su preocupación cuando estaba peor y su sacrificio en las horribles noches de dolor de mi hermanita.

¿O se puede fingir hasta ese punto?

—Vico, ¿qué te pasa?

Me sobresalté, no le había oído llegar.

—Vico, hay algo extraño en tu mirada.

Su voz me dolía en el pecho.

—Vico...

—¡Cállate! —estallé de pronto—. No quiero oírte. No quiero hablar contigo. No quiero...

Me miró asustado.

—Eh, ¿qué te ocurre, Vico?

Una furia sorda se había desatado dentro de mí. Me hubiese gustado pegarle, borrar su mirada azul cargada de falsas lealtades.

—Soy tu señor —dije en voz alta—. No me vuelvas a llamar Vico ni de tú, no te atrevas a dirigirte a mí sin que yo te dé permiso y no bajes aquí cuando esté yo.

Me miró en silencio, se inclinó en una breve reverencia y de nuevo me clavó los ojos. ¿Lloraba?

Se volvió y desapareció por la puerta de la cocina antes de que yo pudiese interpretar su expresión.

A partir de aquel momento todo cambió en mi interior. Ya no me importaba lo que pensasen los demás. Ya no pasaba el día mirando las caras de los habitantes de palacio, buscando en sus ojos la aprobación a mis actos.

Me sentía solo, solo por completo en un lugar desconocido en donde cada presencia era una amenaza y cada mirada una daga.

Si lo único que podía hacer era encargarme del palacio, de las fiestas y los detalles de la vida cotidiana; me dedicaría por entero a esa tarea.

Hablé con el viejo escultor para definir su trabajo y el plazo de su realización. Ordené la limpieza y restauración del patio y las dependencias de servicio, compré caballos nuevos,mejoré las perreras y empecé a preparar mi fiesta de cumpleaños.

Aquella fiesta que había sido la ilusión de los meses anteriores a la muerte de mi padre se iba convirtiendo poco a poco en una idea. Pensaba reunir a los más nobles e importantes señores de Florencia, hartarles de exóticas comidas y buenos vinos, divertirlos y rendir su voluntad a mi favor para levantarme con todo el poder de mi nombre y poner en evidencia al monstruo de cinco manos que se había adueñado de mi palacio y de mi fuerza.

Una tarde, harto de pasear por el claustro evitando encuentros y de andar el patio de un lado a otro bajo el sol abrasador del julio florentino, entré en la cocina buscando algo fresco que calmase aquel amargor de boca que tenía últimamente.

Camilona me recibió con su enorme sonrisa de siempre y me presentó una cesta de fruta madura.

—Tal vez mi señor prefiere un zumo.

Negué con la cabeza.

—¿Te preparo la fruta? ¿En trocitos? ¿En gajos?

La puerta del pasillo de piedra tentaba mi atención.

—¿Una naranja? Aún están frescas. ¿Manzana con zumo de ciruelas?

Las mazmorras, uno de los problemas que me robaba el sueño cada noche.

—¿Puré de moras?

Ahora, ¿por qué no ahora? Dejé a la cocinera, abrí la puerta y atrevesé el estrecho pasillo. La verja estaba abierta y en el patio se agrupaban los gatos pegados a la única pared con sombra.

Golpeé con todas mis fuerzas la puerta y esperé con el corazón en la garganta hasta que oí el sonido de las llaves al otro lado.

—¿Quién llama de esa manera?

La figura del carcelero me pareció a la luz más horrible que la primera vez.

—¿Vos? —dijo fijándose bien en mi cara—. ¿Quién demonios...? ¡Oh, mi señor! Perdonad, mis ojos no ven bien a la luz del día. ¿Qué deseáis, mi señor?

Le aparté con la mano y pasé dentro. El olor llenó de saliva mi boca. Nada había cambiado. Los dos bultos marrones gemían revolcándose por la basura.

—¿Quiénes son estos hombres? —pregunté forzando la voz.

—Son presos, mi señor.

—¿Qué han hecho para estar aquí? ¿Cuál es su delito?

El hombre hizo un gesto vago.

—No sabría contestaros con exactitud, señor. Uno de ellos es un aldeano; el otro es un joven del que sólo sé que fue vuestro padre, mi señor Guido de Santostefano, quién ordenó personalmente su prisión.

—¿Son violentos o peligrosos?

—No mi señor, ni siquiera podrían levantar una mano contra vos.

—¿Quién conoce la existencia de estos prisioneros?

El hombre me miró atemorizado.

—Vamos —apremié—. ¿Quién sabe que estos hombres están aquí?

—No sé si...

—¡Vamos, contesta!

—A... aparte de vos, Grimani, fray Bernardo, el gran mayordomo y ese muchacho rubio que persigue a los gatos.

Salí de allí y busqué a fray Bernardo. Mi maestro seleccionaba unos textos para Fiorina.

—Ludovico —dijo al verme entrar—. ¿Crees que tu hermana puede empezar a leer "La Comedia"? Pienso que debe empezar por "El Paraíso" y...

—Maestro, ¿quiénes son los hombres de las mazmorras?

—¿Cómo sabes...?

—¿Quiénes son, fray Bernardo? —insistí con voz firme.

—Uno es el cabecilla de los aldeanos que hace un par de años se levantaron contra tu padre por no estar de acuerdo con los impuestos. Todos fueron perdonados, sólo quedó este Liani... o Liliani.

—¿Y el otro?

—El otro es... —dudó un momento— bueno, un joven que ofendió gravemente a la casa Santostefano.

—¿Cómo?

—Fue por San Juan, hace ya tres años. Este joven

era uno de los músicos que tu padre contrató para la fiesta. Estuvieron ensayando varias tardes, ¿no lo recuerdas? Armaban un gran alboroto en el patio. Rosalba, Fiorina, Gentile y tú mismo cantabais y bailabais. Tienes que acordarte.

Claro que me acordaba, las fiestas de San Juan habían sido siempre lo mejor de mi casa.

—Ese chico era el que tocaba el violín —continuó mi maestro—. Se enamoró de Rosalba y tu padre los encontró una tarde en el patio hablando y riendo. Se enfadó mucho y cuando el muchacho le pidió la mano de Rosalba se sintió muy ofendido y le mandó encerrar. Esa es toda la historia.

—¿Y Rosalba?

—Lloró y sufrió mucho. Durante unos meses estuvo metida en sus habitaciones sin dejarse ver. Ella cree que tu padre le dio una buena cantidad de florines para que saliera para siempre de la ciudad y de su vida.

Mi pobre hermana. Ahora comprendía su mal carácter y la cansada apatía de su mirada.

Salí de la biblioteca y corrí por la galería; tenía prisa por poner fin a una injusticia que ya duraba demasiado. Llegué al patio de servicio y mandé llamar al gran mayordomo.

—Señor —dijo con su voz de trueno.

Tragué saliva para vencer el enorme respeto que aquel hombretón me había inspirado siempre y dije con voz segura:

—Hay dos hombres en las mazmorras de palacio. Escucha y cumple mis órdenes con atención.

Se inclinó con respeto y yo seguí más tranquilo:

—Sácalos de esa cueva y ocúpate de que reciban todas las atenciones necesarias hasta que se encuentren bien. Acomódalos en una estancia del palacio, asegúrate de que no puedan escapar y espera mis órdenes. Ah, y nadie, ¿has oído?, nadie debe saber nada.

Se inclinó de nuevo y dijo:

—Será como ordenáis, mi señor.

Su voz espantó las palomas.

Me resultaba muy difícil dar órdenes tajantes y poner la cara seria, pero era como una fórmula mágica: una voz firme y una mirada altiva y todo funcionaba.

Desde la galería, antes de llegar a mi cuarto vi a Grimani y a Ércole entrar en el gabinete de tía Caterina. Los conjurados se reunían.

Me senté en el banco de mi ventana, la plaza palpitaba de vida y el sol empezaba a pintarlo todo en carmín.

Estaba cansado. Mucho más que después de una cabalgada por el campo, mucho más que las tardes de prácticas en la sala de armas o de juegos y travesuras por los pasillos y galerías.

Estaba cansado de vigilarlo todo, de prevenirlo todo, de pensar...

Cerrar los ojos y olvidar... cerrar los ojos y soñar...

No, ya no podía seguir siendo el mismo Ludovico. Todo había cambiado y nada podía volver atrás. No más añoranzas, no más lamentaciones. Era necesario dominar la situación.

Me tumbé en la cama y mirando el dibujo de la seda azul del dosel empecé a organizar mis planes para el futuro.

'Será el día de mi cumpleaños. Descubriré a los traidores ante toda Florencia. Llenaré las mazmorras con Grimani y Arnoldi, denunciaré a Ércole da Conti ante mi padrino, confinaré a mi tía en sus habitaciones y hundiré a Gentile para siempre en ese pozo que tanto le aterra, sin aire, sin ver la luz, ni las estrellas... para siempre esconderé su horrible traición, la dolorosa mentira de sus ojos, la hipocresía de su elegante figura, el insulto de la serenidad de su acento...'

Pero imaginarle en aquel agujero estrecho me angustiaba hasta hacerme temblar y un tropel de amables recuerdos despertaban una náusea en mi estómago.

—¡Basta! —dije sentándome en la cama—. Basta ya de lágrimas y recuerdos. Pagarás tu traición, el abuso de mi confianza. Pagarás tu falsedad, amigo mío, mi admirado compañero, mi querido Gentile. Seré la hoja de la daga, la que hiere, la que mata. ¡Haré justicia! ¡Lo juro! El señor de Santostefano no tiembla.

Me dejé caer en la cama y una extraña paz inundó mi espíritu. Había tomado una decisión y mi pensamiento no dejaba pasar ninguna otra idea.

Cerré los ojos. El viento traía las campanas de Santa María hasta el baldaquino de mi cama.

La fiesta

Los preparativos de la fiesta consumían todo mi tiempo. Me ocupaba personalmente de proyectar cada detalle: elegir los invitados teniendo cuidado de no olvidar a los que se podían ofender y evitar a aquellos que podían entorpecer mis planes; los vinos que habrían de servirse, las comidas más extravagantes, servidas con la más esmerada y original presentación, los adornos, las luces, la música...

Diseñé una casaca verde yerba con adornos de plata que todos los criados de la casa debían estrenar el día de mi cumpleaños, y ordené traer miniaturas de jade, ámbar y marfil para obsequiar a mis invitados. Finalmente mandé llamar a Dallara, el gran ingeniero.

—Voy a haceros un encargo para mi fiesta de cumpleaños.

—Será para mi un honor complaceros, señor.

—Quiero que realicéis un monstruo en forma de dragón. Habrá de ser ligero, vos sabréis qué materiales son los más indicados, y deberá tener cinco patas terminadas en cinco garras. Estas patas deberán ser móviles, de tal manera que en el momento que yo os indique deberán caer sobre cinco de mis invitados que habrán de quedar prisioneros en cada una de las cinco garras. ¿Podréis hacer algo así?

Dallara fijó los ojos en el suelo, se rascó la barba, guiñó un ojo y luego dijo con voz cascada:

—Será impresionante, señor. ¿Dónde queréis que lo instale?

—En el patio. ¡Ah, señor ingeniero! Nadie debe saber nada. Ha de ser la gran sorpresa de mi cumpleaños. ¿Comprendéis?

—Será un secreto hasta el día catorce, señor, pero el día quince Florencia sólo hablará del dragón de Santostefano.

La casa entera olía a fiesta. Se preparaban con cuidado los salones y la zona de servicio era todo actividad. Sólo faltaba montar la gran sorpresa del patio. Dallara lo haría unas horas antes de la celebración.

La tarde anterior repasé todos los detalles y cansado y nervioso me senté en el claustro, cerca de mi madre y Rosalba que bordaban juntas.

Tía Caterina regañaba entre empellones a la doncella que le masajeaba los tobillos y Fiorina se entretenía con los pequeños muñecos de madera que Gentile construía con palitos y alambre y la niña pintaba con cuidado.

—Es una suerte contar con Gentile —comentó Rosalba mirando a la pequeña con cariño—. No sé que sería de Fiorina sin él.

Mi madre levantó los ojos de la labor y le miró.

—Sin embargo —dijo con un gesto—, yo tengo mis dudas. No acaba de gustarme ese muchacho. No es que no valore su dedicación a Fiorina, es... no sé. Me resulta demasiado misterioso. ¿Qué sabemos de él? ¿Dé dónde procede? Lleva con nosotros seis años y sólo tiene lo que lleva puesto. Me han dicho que en su arcón no hay más que una camisa y un calzón de recambio. Desconfío de las personas que no guardan nada. Es como si estuviera de paso por la vida.

Por mi vida no había ido de paso.

La risa de tía Caterina disolvió mis pensamientos. Morcone, vestido de violeta y amarillo, salió de debajo de su silla y empezó a dar saltos y volteretas.

—¡Hop! ¿Dónde está el sol?, ¿dónde la sombra? ¿Qué dices, viento? Nombra... nombra...

Tía Caterina celebraba las ridículas volteretas y los versos incoherentes del pequeño personaje con risas y palmadas.

—Campos de trigo, noches de luna... ¡Oh, qué fortuna!

Rosalba y mi madre le miraban divertidas. Algunos criados se asomaron desde la puerta de la cocina; no había muchas ocasiones de divertirse en palacio.

Era difícil precisar si aquel hombrecillo cojeaba por tener la pierna derecha más corta que la izquierda o la cadera izquierda más alta que la derecha. Tal vez su pierna izquierda estaba más curvada o quizá era el tobillo derecho que...

—¡Ay!

Girando en trompos cada vez más rápidos, Morcone había ido a parar junto a la butaca de mimbres de Fiorina y su última voltereta arrastró al suelo a la pequeña.

Ciego de rabia, agarré el bastón de tía Caterina y salté como un resorte, pero Gentile ya había caído sobre el bufón y le zarandeaba cogido por el cuello.

—¿Estás loco? —gritaba enfurecido— ¿No tienes medida, imbécil?

Cuando me vio le soltó con desprecio y se ocupó de atender a Fiorina.

—¡Maldito! —exclamé, amenazando con el bastón la espalda de Morcone.

—Bueno, bueno —dijo tía Caterina entre risas—, no ha sido nada. Un pequeño accidente.

El hombrecillo se levantó como un rayo y desapareció por la escalera de servicio mascullando extrañas palabras.

—Estoy bien —nos tranquilizaba Fiorina—. Sólo

ha sido el susto. Mira, se ha derramado la pintura.

Gentile le limpiaba la cara y las manos, le arreglaba el pelo, sacudía su falda...

Fue entonces cuando vi el papel en el suelo. Era un papel pequeño, doblado en cuatro. Sin duda se le había caído a Gentile en la refriega con el bufón.

'En la tercera rueda. La daga bajo el zafiro. Cinco manos como una sola.'

Lo leí varias veces camino de mi habitación y muchas más tumbado en mi cama.

Cinco manos como una sola. Esa era la clave de los conjurados. Se trataba de un mensaje, pero ¿qué significaba?

La daga bajo el zafiro. No conocía más zafiro que el ovalado que llenaba el medallón del collar de Santostefano. El collar que el día siguiente luciría sobre mi pecho ante toda Florencia.

La daga bajo el zafiro. ¿Qué podía haber bajo el zafiro si ya no tenía el sello? Bajo el zafiro sólo estaba... sentí un hormigueo por todo el cuerpo: ¡bajo el zafiro estaba mi corazón! ¡Era una clave para matarme! Mi amigo había recibido la orden para completar su traición.

Gentile clavaría la daga en mi corazón. ¿No lo había hecho ya?

Pasé la noche muy quieto, dejando que unas lágrimas abrasadoras velasen para siempre quince años felices.

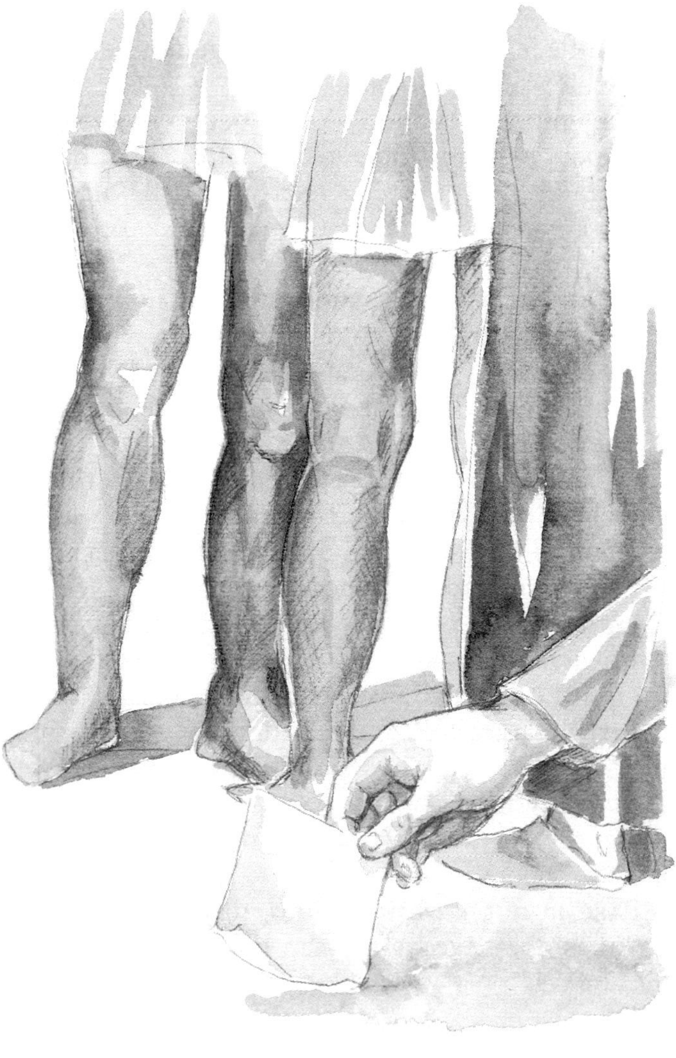

Me levanté con el sol, me vestí despacio y coloqué sobre mi pecho el hermoso collar de mi padre.

—El señor de Santostefano no tiembla —dije en voz alta—. He jurado hacer justicia y cumpliré mi juramento hasta la última gota de mi sangre.

Abrí el arcón y busqué mi pequeña daga de puño de plata, me la escondí en el cinturón y bajé al patio.

Dallara instalaba el dragón con mucho cuidado de que las telas que lo cubrían no desvelasen su secreto.

En el salón todo estaba preparado para el banquete, y los tapices y candelabros lucían en toda su riqueza. El patio estaba adornado con flores y cintas y siguiendo mis instrucciones, se estaban colocando los bancos en los que se sentarían los invitados para disfrutar del espectáculo que Dallara y yo habíamos preparado.

Probablemente no llegaría vivo al final de la fiesta, pero al menos podría desenmascarar la traición y poner en evidencia la conjura. Si pudiese saber en qué momento Gentile... el papel decía en la tercera rueda, pero, ¿a qué se refería?

—La primera fila del patio la ocuparán los miembros de mi casa y los invitados más importantes —expliqué a Dallara—. Esta fila no será de bancos, sino de sillas. Todas las sillas estarán forradas con sedas de color. Cinco de ellas estarán forradas de negro. Sobre estas cinco sillas deberán caer las garras de vuestro dragón.

—Será una broma memorable, señor.

—Dallara —dije en voz baja—, es mucho más que una broma. No debe fallar y recordad: las cinco sillas negras, sean quienes sean las personas que las ocupen. Yo os daré la señal.

Imaginaba la escena: Grimani, Arnoldi, Ércole, tía Caterina y Gentile atrapados en las garras de mi dragón de cartón y madera. Las cinco manos en mis garras. Pero tenía que ser antes de que Gentile... ¿qué era la tercera rueda?

Vigilé personalmente la colocación de las sillas con los colores de los forros haciendo gamas y contrastes, y con Dallara situé las negras en aquellos lugares que más convenían para el buen funcionamiento del dragón. Luego, con mucha atención, coloqué en cada una la etiqueta con el nombre de quien debía ocuparla. Estaba colocando la de Fiorina sobre una silla forrada de azul junto a la negra destinada a Gentile, cuando los hombres que preparaban los soportes de los fuegos artificiales me dieron la clave que buscaba desde la noche anterior.

—¡Eh! —gritó uno de ellos—. ¿Cuánto queda ahí fuera?

—Doce hilos y las cuatro ruedas —contestó su compañero.

¡La tercera rueda! El tercero de los ruidosos castillos de juegos artificiales que pondrían punto final a la fiesta. ¡Aquel era el momento! Era lógico aprovechar el cansancio y el exceso de comida y bebida de los invitados mezclado con la confusión de las luces y los ruidos de los castillos anteriores. Era un buen momento para culminar una traición.

—Dallara. Será justo antes de que se queme el tercer castillo.

—¡Oh, señor! Va a ser memorable. ¡Memorable!

Felicitaciones, regalos, augurios..., la fiesta discurría como estaba previsto. Los invitados comían y bebían animados y hacían comentarios sobre nuestra riqueza y buen gusto.

Mi padrino había mandado en su representación a uno de los nobles más influyentes de Florencia que gozaba de mucho respeto por su seriedad y sentido de la justicia. Era un testigo tan válido para mis planes como el propio Piero.

En varias ocasiones, durante el banquete, me encontré con la mirada de Gentile, que vestido con la casaca verde y plata que yo había diseñado para los criados, atendía a Fiorina desde el respaldo de su silla.

Cuando el sol dejó de pintar el salón desde las vidrieras de colores y en el estómago de mis invitados ya no cabía un sólo grano de uva, la música y el mayordomo mayor anunciaron el comienzo del espectáculo.

Desde la enorme boca del dragón en donde Dallara había instalado el escenario, vigilé que cada invitado ocupase el lugar previsto. Las exclamaciones de asombro ante el dragón de ojos brillantes llenaban el patio.

Se hizo el silencio y de pie frente a mis invitados, controlando el temblor de mis rodillas dije en voz alta:

—Señores, desearía celebrar mi cumpleaños con un baile de jóvenes, un desfile de disfraces y una batalla de pasteles, pero el destino me obliga a celebrarlo como señor de Santostefano y a cambiar mi disfraz por este pesado collar que pone sobre mi pecho la responsabilidad de mi casa y mi familia.

Desde la primera fila las expresiones complacidas me daban seguridad y espoleaban mi furia.

—Me presento hoy con la fuerza que me da vuestro afecto por mi casa y como mi padre, espero disfrutar de vuestra amistad. Os aseguro que estaré siempre dispuesto a poner mi hacienda y mi persona al servicio de nuestra querida Florencia.

Todos aplaudieron satisfechos. Llamé al mayordomo y le ordené que trajese a los cautivos.

—Para celebrar mi primer cumpleaños como señor de Santostefano, devuelvo la libertad a estos dos hombres cuyos delitos, si los hubo, quiero olvidar.

Vi palidecer a Rosalba, sorprenderse a Grimani, sonreír a Gentile...

Abandoné el escenario sin consentir que los dos cautivos me besasen la mano y comenzó la representación de juegos orientales, danzas exóticas y trabajadas acrobacias.

Los nervios no me dejaban parar en mi silla forrada de seda plateada. La noche avanzaba, se acercaba el momento.

Por fin empezaron los fuegos artificiales. El dragón brillaba al ritmo de las bengalas y los cohetes. Sólo quedaban los castillos. Me levanté y busqué al ingeniero.

—Atento, Dallara.

—Descuidad, señor.

Volví a mi sitio en el centro del escenario.

Se quemó el primer castillo. Los cinco conjurados estaban sentados en sus sillas negras.

Se quemó el segundo castillo. Me castañeteaban los dientes.

En el preciso momento en que el encargado de los fuegos acercaba a la tercera rueda la tea encendida, se oyó un chirriante estruendo y las cinco patas del dragón se levantaron a un tiempo para caer sobre las sillas negras y cerrar sus garras entre los gritos de los invitados y los chasquidos de los resortes.

Me levanté para comprobar que los traidores habían caído en mis garras, pero antes de que pudiera ver nada recibí un golpe en el pecho que me hizo perder el equilibrio, y una extraña sombra se abalanzó sobre mí. La luz cambiante de la tercera rueda dibujó una sombría daga sobre mi cabeza y vi ante mis ojos la enorme boca del bufón.

—¡Morcone!

—Sí, Morcone —dijo entre dientes—. El estúpido, el maldito Morcone. ¡Muere, niño mimado, amigo de puercos!

Cerré los ojos esperando el filo de la daga. Ni

siquiera recordé que iba armado. Nada importaba, en mi pensamiento sólo estaba la sonrisa triste de Fiorina.

De pronto, una figura cayó sobre Morcone y la daga destinada a mi corazón se clavó en mi brazo. Noté como la sangre empapaba la seda bordada de la abultada manga de mi casaca.

—¡Quieto! —ordenó la voz de Gentile mientras inmovilizaba al bufón en el suelo—. No te muevas, rata.

—¿Tú, bastardo desagradecido? —rugía Morcone—. Debí dejar que te comieran los perros.

Como entre sueños vi llegar a Dallara y al mayordomo mayor. Tenían la cara descompuesta. Detrás de ellos se acercaban los dos liberados y algunos criados.

Me mareaba. Los estampidos de los fuegos artificiales y el murmullo de los invitados llegaban en oleadas a mi cabeza.

—Gentile —conseguí decir.

—Estoy aquí, Vic... mi señor.

—Gentile... Gentile, atrápalos.

Y sólo pude ver un segundo de su mirada azul.

Justicia

Cuando desperté, entraba una rendija de sol por los postigos entornados de mi ventana.

—¡Ya es de día! —exclamé sentándome en la cama.

—Calma, señor —dijo Gentile acostándome de nuevo—. Vuestra herida no es grave, pero habéis perdido mucha sangre.

Los recuerdos de la noche anterior se amontonaban en mi cabeza y no era capaz de separar lo que podía ser realidad y lo que parecía un sueño.

—Tengo que volver al patio —dije apurado—. Las garras... los conjurados... mis invitados...

—Ya no hay nadie en el patio, mi señor.

—Gentile, tú eras... ¿Qué ha pasado?

—Morcone, mi señor. Él era el conjurado misterioso. La quinta mano. Intentó asesinaros.

Sí, aquello lo recordaba con claridad.

—¿Y las garras? ¿Funcionaron?

—Perfectamente, señor. Según he oído, toda la ciudad comenta la impresionante ingeniería de vuestro dragón.

Las preguntas se agolpaban en mi caberza.

—¿Qué ocurrió anoche en el patio después de mi desmayo? ¿Cómo están mi madre y mis hermanas?

Gentile me acercó un vaso de leche templada y acomodó los almohadones a mi espalda.

—Vuestra madre y vuestras hermanas están bien, pero preocupadas por vos, mi señor. Ahora descansan en sus habitaciones.

—Gentile...

—Esperad, esperad, señor. Os lo contaré todo.

Se sentó al pie de mi cama y empezó:

—Cuando se cerraron las garras los invitados se asustaron y muchos de ellos abandonaron el palacio. Los cuatro conjurados gritaban para que los liberasen, pero Dallara, el ingeniero, se negó a abrir el resorte sin vuestra orden.

—¡Bravo por Dallara!

—Yo no lo vi, pero dicen que Ércole gritaba insultos y maldiciones contra vos y la casa Santostefano, Grimani se tapó la cara avergonzado y vuestra tía simuló un ataque.

—¿Y Arnoldi? —pregunté.

—Dicen que se retorcía como una lombriz y al final logró zafarse del cepo y salir corriendo del palacio.

—¡Maldito! ¡No conté con su delgadez!

—Fueron momentos muy difíciles. Ellos exigían ser liberados de lo que llamaban broma de mal gusto y Dallara y el mayordomo se negaban sin atender a razones.

—¿Siguen atrapados en el patio?

—No se les podía dejar allí toda la noche. Fray Bernardo se encerró con ellos en la biblioteca hasta que vos pudieseis aclarar si se trata de una detención o de un juego.

—¿Un juego? —pregunté con ironía—. ¿Qué ha sido de Morcone?

—Yo mismo le encerré en las mazmorras.

Suspiré aliviado. Todo parecía estar bajo control y sólo faltaba que yo, el señor de Santostefano, hiciese justicia.

Pero todavía tuve que esperar algunas horas antes de que el médico y mi cabeza me permitiesen levantarme.

Entré en la biblioteca con la barbilla levantada y un doloroso tirón en el brazo. Me acompañaban el mayordomo mayor y dos hombres de la guardia.

Fray Bernardo había reunido también en la biblioteca a mi madre y a Rosalba y yo mandé llamar a Fiorina y a Gentile.

—Ércole da Conti —dije con voz tranquila—, os acuso delante de todos de encabezar una conjura contra Piero de Médicis, de estructurarla y financiarla desde mi casa y valiéndoos de mi nombre.

Se revolvió lleno de ira.

—Deja de jugar al gran señor, mocoso. ¿Tú que sabes de abusos y despotismo? ¿Sabes lo que ocurre en Florencia? ¿Conoces la incompetencia de tu querido padrino?

—Nada —contesté calmado mi furia—, no sé nada, pero precisamente por eso no debo permitir que se utilice mi nombre y mi casa para manejos políticos que no entiendo.

—Toda Florencia debería estar implicada —dijo Ércole soltando saliva.

—No es difícil entenderos, señor da Conti —intervino Rosalba—. Pretendíais introduciros en nuestro palacio engañando a una pobre chica aburrida para llevar a cabo vuestros planes con toda seguridad. Si la conjura tenía éxito sería obra vuestra. Si fracasaba sería obra de la casa Santostefano.

—¿Y vos, tía Caterina? ¿Cuáles son vuestros motivos para conspirar contra vuestra propia sangre?

—Mi sangre es la de mis hermanos, que murieron por orden de los Médicis, acusados de participar en una conjura que ni siquiera conocían —contestó mi tía muy alterada.

—¿Y por eso fue asesinado mi padre? —pregunté.

—¿Asesinado? —gritó mi madre llorando.

—Fue Arnoldi —explicó tía Caterina—. Tu padre sospechaba y el administrador decidió su muerte sin contar con nadie.

—Y Morcone lo llevó a cabo serrando la espiga de bronce que sujeta la cabeza del león —apuntó Gentile.

—¿Morcone? —preguntó incrédula tía Caterina—. ¡Vamos! No es capaz de algo así.

—Señora, anoche intentó matarme.

—¡Dios mío! —exclamó mi tía con un escalofrío.

—Yo era la sombra de la daga, señora. ¿Sois vos la ponzoña? —dije resentido.

Mi madre y Fiorina lloraban. Rosalba apretaba los dientes y fray Bernardo rezaba en voz baja.

—Y vos, Grimani. ¿No tenéis nada que decir?

—¿Qué puedo decir? Ludovico. Ningún argumento puede defender la traición a un amigo.

Me impresionaba su tristeza. Descubierto y avergonzado, mantenía una extraña dignidad.

—Cierto Grimani, pero ¿por qué?

—Hay algunos hechos en mi pasado... algunas cosas que quisiera olvidar. Arnoldi no me dejaba. Me amenazaba con hacer públicas mis equivocaciones. La sola idea de que Florencia pueda saber..., bueno, no tengo excusa, Ludovico. No puedo ni quiero defenderme. Soy culpable de conspiración y engaño, y sobre todo, soy culpable de faltar a la confianza de tu padre. Pero no tuve parte en su muerte, de haber sabido lo que planeaba Arnoldi...

Todos le miraban en silencio.

—No tengo otra riqueza que mi fama y mi dignidad, y por intentar defenderlas he perdido lo único que me quedaba: mi puesto en esta casa y el aprecio de esta familia.

La vocecita de Fiorina sacudió mi rencor.

—Yo todavía os aprecio, Grimani, y no me importa lo que hicieseis antes de venir a casa.

—Tú eres un ángel, pequeña.

—A mí tampoco me importa —dije con un suspiro—, y necesito un secretario que sepa llevar mi hacienda. Si vos estáis dispuesto a olvidar todo lo que os ha llevado hasta hoy, yo lo olvidaré también.

Me miró con cariño. Se inclinó y dijo:

—Señor, servir a Ludovico de Santostefano será la obra de mi vida.

—Da Conti —dije levantando la voz—. No voy a condenaros por algo que no ha llegado a suceder ni voy a denunciar ante mi padrino una conjura que nació en mi casa. Pero no sois persona grata. Veros me revuelve la sangre. Salid de palacio y procurad que vuestros pasos no se crucen jamás con los míos.

El portazo sacudió las estanterías y fray Bernardo dio un respingo.

—Vos, tía Caterina, podéis vivir en el palacio como hasta ahora, pero escuchad: no recibiréis más que a vuestras amigas conocidas de nuestra familia y siempre con el permiso de mi madre. Así evitaremos nuevas tentaciones de venganza. ¡Ah, y no más bufones!

—¿Qué harás con Arnoldi y Morcone? —preguntó fray Bernardo impresionado por mi dureza.

—Arnoldi ya estará lejos de Florencia. Se esconderá en Venecia o en Francia; nos costaría mucho tiempo dar con él y al final, tanto trabajo y tanta fatiga no devolverán la vida a mi padre. En cuanto a Morcone, se pudrirá en las mazmorras.

Di por terminada la reunión y salimos a la galería. El sol alargaba las sombras como siempre, como si nada hubiese cambiado en dieciséis años.

Bajé al patio. Todavía quedaban recuerdos de la fiesta: cañas de cohetes, jirones de seda, astillas, flores, cintas y algunas maderas de la estructura del dragón que Dallara había desmontado aquella mañana.

Me pesaba el brazo y me senté en el borde de la fuente. Gentile me observaba desde la puerta de la cocina. Le hice una seña para que se acercase.

—¿Cómo está Fiorina?

—Un poco cansada, señor. Han sido demasiadas emociones para ella. El ama le ha dado un baño de romero y ahora duerme.

Le miré. Había descubierto a los cinco conspiradores y la conjura se había deshecho. Gentile me había salvado la vida pero... no terminaba de atar todos los hilos.

—Creí que tú eras la quinta mano.

—Lo sé —dijo muy bajo.

—Todo te acusaba. Sólo tú conocías mis descubrimientos y mis sospechas. Sólo tú sabías dónde había escondido el sello y eras el confidente de mis pensamientos y mis proyectos.

—Me di cuenta de que sospechabais de mí el día que os enfadasteis conmigo. Desde ese momento estuve observando a todos y descubrí que Morcone era el espía. Esa era su misión en la conjura. Lo hizo primero con vuestro padre y luego con vos. Podía atravesar el palacio en pocos minutos, saltaba de ventana en ventana, se descolgaba por las columnas de un piso a otro y conocía muchos pasadizos secretos. Entraba en una habitación y en pocos minutos aparecía en el otro extremo de la casa.

—¡Dios mío! —exclamé.

—Yo mismo, persiguiéndo al gato de Fiorina, ya había encontrado algunos de esos caminos. Hay una trampilla en la base de la armadura de vuestro abuelo que conduce a la despensa. Desde el fondo del arcón negro de la biblioteca parte una estrecha escalera que conduce hasta el interior del armario de la sala de recibir. De una ventana del piso alto pende una escala de cuerda que acaba en la claraboya de la bodega. ¿Queréis que siga?

—Gentile, ¿cómo escapaste de la garra del dragón?

—Sabía que habíais preparado algo. Lo noté en vuestros ojos durante el banquete, soy experto en miradas ¿recordáis?; y cuando besasteis a Fiorina vi brillar el puño de vuestra daga. Vos nunca vais armado. Algo iba a ocurrir. Luego, cuando vi el lugar que personalmente me habíais asignado en el patio...

Se interrumpió, tragó saliva y continuó con voz grave:

—Sólo había cinco sillas negras y en las otras cuatro se sentaban los conjurados. La quinta silla tenía mi nombre, entonces comprendí que vos me considerabais la quinta mano y tuve la certeza de que algo se preparaba. Vuestro nerviosismo durante la segunda rueda de fuegos me dio el momento. Me levanté y fue entonces cuando vi a Morcone agazapado detrás de vos.

—Entonces, el papel era de Morcone.

—¿Qué papel?

Conté a mi amigo como había llegado a mis manos el mensaje de los conjurados y cómo había descifrado sus claves.

Me miró intensamente y sus ojos se llenaron de lágrimas. Se sentó junto a mí en la fuente y dijo casi sin voz:

—¿Creiste que iba a matarte? ¿Pensaste que yo iba a clavar una daga en tu corazón? Oh, Vico. Tú eres el señor y yo el criado. Tú llevas un collar de zafiros y yo una librea con tu escudo. Somos figuras de un mismo tablero y cada uno debemos ocupar nuestro lugar y seguir las normas del juego, pero...

cuando te miro sólo veo a mi compañero de aventuras. Hemos combatido juntos en mil batallas, hemos luchado contra los monstruos y las tempestades y juntos hemos temblado con Dante por los círculos del infierno.

Se interrumpió para recuperar su aliento entrecortado y continuó algo más sereno:

—Gracias a la generosidad de tu padre he aprendido a rezar y a cantar con vosotros y he podido estudiar y conocer el arte y la cultura como tú. Puedo llamarte señor y tratarte de vos, pero siempre seré tu amigo. ¡Oh, Vico! ¿Cómo podría matarte?

Le abracé emocionado y el patio me pareció más pequeño.

Epílogo

El tiempo pasó por el palacio recuperando poco a poco su rutina. Tía Caterina seguía gruñendo, mi madre volvía a sonreír, Fiorina cantaba...

Grimani, algo más envejecido pero con renovadas energías, llevaba el gobierno de mi casa. Había encontrado un administrador de confianza y me había devuelto el sello de Santostefano.

—Sólo tú firmarás —había dicho—. Sólo tú tomarás las decisiones.

Rosalba me había pedido que hablase con Mauro, el músico que yo había liberado de las mazmorras.

—No es noble ni posee riquezas ni amigos —dijo mi hermana—. Nunca pedirá nada, pero sé que me ama y yo nunca podré olvidarle.

Hablé con él. Era un buen hombre y realmente amaba a mi hermana. ¿Cómo podía negarme? Su amor había resistido tres años de miseria e injusticia. Todos estuvieron de acuerdo. En cuanto Rosalba terminase su equipo se casarían y se quedarían a vivir en palacio. Me ilusionaba la idea de oír risas y gritos de pequeñines por la galería.

Una mañana de primavera, cuando comentaba con Grimani algunos cambios que quería hacer en la capilla con vistas a la boda de Rosalba, el mayordomo mayor entró descompuesto.

—¡Señor! ¡Señor! ¡No está! ¡Ha desaparecido!

—Vamos, cálmate, ¿quién ha desaparecido?

—Morcone, mi señor. Morcone no está en las mazmorras.

Las rejas estaban cerradas y la puerta no había sido forzada, pero el bufón había desaparecido.

—Habrá encontrado algún pasadizo —comentó Gentile.

—Es el demonio —dijo el carcelero muy asustado—. No sabéis qué danzas y qué letanías organizaba en la mazmorra. Me ponía los pelos de punta.

Se buscó a Morcone por todo el palacio, desde los dobles techos de la planta alta hasta el interior de los barriles y los arcones de las bodegas. Gentile y yo recorrimos los pasadizos secretos y las galerías entre tabiques. Nada. Aquel hombrecillo había desaparecido, aunque no faltaba quien dijese que le había visto cabalgar sobre una chimenea, gritar en la despensa o cantar dentro de una alacena.

Después de dos meses de mover muebles y levantar trampillas, di orden de que se abandonase la búsqueda.

—¿Sabes? —dije a Gentile—. No me importa dónde pueda estar Morcone. Es igual que haya conseguido escapar o que se haya evaporado. Me da lo mismo que sea un estúpido hombrecillo o el mismísimo demonio. Lo único que importa es que no está aquí y siento el palacio limpio. Como antes.

—Quieres volver a ser el feliz Ludovico.

—No, ya nada podrá ser igual, pero no tiene por qué ser peor. No soy la hoja de la daga, pero tampoco su sombra. Mi familia ya no es una daga. Puedo ser el señor de Santostefano sin dejar de ser Ludovico y pasear tranquilo por mi palacio sabiendo que todo está bien y viendo felices a mis hermanas.

En aquel momento se me ocurrió la idea. Llamé a Dallara y le ordené:

—Quiero que derribéis el pasillo de piedra, el patio de los gatos y la bodega vieja. Escarbad y cegad las mazmorras, y una vez bien alisado el suelo, construid encima un jardín. Un jardín con árboles y flores. Mi hermana os dirá cuales son sus favoritas. Será su jardín, el jardín de Fiorina.

—Estará terminado antes del verano, señor.

Y echó a correr por la galería ilusionado como un niño.

—Un jardín sobre el pozo —dijo Gentile con voz profunda.

—Un lugar lleno de colores —contesté muy animado.

—Donde leer y pasear...

—Hablar y sentir la luz...

—Oler las mañanas...

—Contar las estrellas...

Índice

El Roble Centenario

SERIE ROJA

3. **El poder de las estrellas.** Javier Requero. (9.ª ed.)
7. **Mi rincón en la Montaña.** Jean C. George. (8.ª ed.) *Premio Newbery*
12. **El aprendiz.** Pilar Molina Llorente. (12.ª ed.)
17. **Sauce azul.** Doris Gates. (6.ª ed.) *Premio Newbery*
18. **La tierra hueca.** Jane Gardam. *Premio Whitbread*
22. **El hombre de las marionetas.** Joaquín Aguirre Bellver. (2.ª ed.)
31. **La Hija de la Paz.** Ann Phillips. (2.ª ed.)
32. **Cuerpos de cobre, corazones de jade.** Juana Aurora Mayoral. (4.ª ed.)
35. **Proyecto Filipinas.** François Charles
39. **Historias del árbol yarmín.** Joaquín Aguirre Bellver
41. **La pantera negra.** Miguel Martín F. de Velasco
42. **Luz en la niebla.** José Elgarresta
47. **La puerta en la muralla.** Marguerite de Angeli. *Premio Newbery*
49. **El rincón de las lilas.** Juana Aurora Mayoral. (5.ª ed.)
50. **La sombra de la daga.** Pilar Molina Llorente. (3.ª ed.)
53. **La huella del escultor.** Chantal Crétois
57. **Un sueño y una sospecha.** Lola Herrero